中國語言文字研究輯刊

七 編

許錟輝 主編

第 **14** 冊

《音聲紀元》音系研究

李昱穎 著

花木蘭文化出版社

國家圖書館出版品預行編目資料

《音聲紀元》音系研究／李昱穎 著 -- 初版 -- 新北市：花木蘭
文化出版社，2014〔民103〕

目 4+172 面；21×29.7 公分

（中國語言文字研究輯刊 七編：第 14 冊）

ISBN 978-986-322-854-7（精裝）

1.漢語 2.聲韻學

802.08　　　　　　　　　　　　　　　　103013631

ISBN-978-986-322-854-7

9 789863 228547

中國語言文字研究輯刊

七　編　　第十四冊　　　　　ISBN：978-986-322-854-7

《音聲紀元》音系研究

作　　者　李昱穎

主　　編　許錟輝

總 編 輯　杜潔祥

副總編輯　楊嘉樂

編　　輯　許郁翎

出　　版　花木蘭文化出版社

社　　長　高小娟

聯絡地址　235 新北市中和區中安街七二號十三樓

　　　　　電話：02-2923-1455 ／傳眞：02-2923-1452

網　　址　http://www.huamulan.tw 信箱 hml810518@gmail.com

印　　刷　普羅文化出版廣告事業

初　　版　2014 年 9 月

定　　價　七編 19 冊（精裝）新台幣 46,000 元

《音聲紀元》音系研究

李昱穎　著

作者簡介

　　李昱穎，東吳大學中文系學士、國立臺灣師範大學國研所碩士、國立中正大學中文所博士。先後師從許錟輝先生、林炯陽先生學習文字學與聲韻學，奠定語言文字學的基礎。碩士班時，師從陳新雄先生，以漢語語言學為研究主題，博士班時，師從竺家寧先生，以佛經語言學、漢語詞彙學主題取得博士學位，近年來的研究領域旁及文化語言學、語言風格學。

　　曾任世新大學中文系兼任助理教授、國立臺灣海洋大學通識教育中心兼任助理教授，目前任教於明道大學中國文學系。曾發表有：《中古佛經情緒心理動詞之研究》、〈由清儒到現代的研究進程看上古漢語韻部的分配與變遷〉、〈「喜愛」與「貪著」——論「喜、愛、嗜、好」在中古佛經中的運用〉等多篇論文。

提　要

　　第一章說明本文撰寫的研究動機、範圍及方法。第二章說明成書背景、作者、版本相關問題及重要術語，以便對整部著作有提綱挈領之效。第三章討論此書編排、歸字依據及音論部分，以為〈後譜表〉在體制及歸字皆以《切韻指南》為藍本，〈前譜表〉則根據韓道昭的《五音集韻》，最後說明此書音論部分，發現吳氏「沿襲」趙宧光《悉曇經傳》者甚多。第四章釐析書中反映語音層次有二：類似官話者，有影喻疑合流、泥娘混同、知照不分等現象；另有類似吳方言的匣喻合一，疑母部分讀入喻母，泥娘疑混同，知莊、知照分用，非敷不分等現象。第五章釐析出兩個韻母系統：一是屬於保守性系統，包括〈前譜表〉裡臻深、山咸韻尾尚未混同，以及〈後譜表〉裡止攝、蟹攝仍未分化，山攝、遇攝均尚未產生語音演變；第二種是創新系統，即〈前譜表〉已將中古韻部進行反映語音的分化，〈後譜表〉裡，[-m] 韻尾已經消失。並於文末說明其聲調系統，仍然保存平上去入四聲，其特色在於平不分陰陽，入聲調類仍然存在，卻轉變為喉塞音韻尾。第六章討論音系，此書具備的是多核音系，包括存古、映今兩部分。其中存古所反映的是《切韻指南》音系，而映今部分包括有官話、吳方言現象。

第一章　緒　論

　　明清等韻學乃是奠基於宋元等韻，不論在理論基礎、基本原則及研究方法
上，二者實爲一脈相承關係。由於不同時代、社會需求、語言環境與學術發展
途徑背景的變遷，造成二者等韻著作形式與內容上有所差異。即使如此，在明
清之際，部分等韻學家繼承宋元等韻傳統，以期在理論基礎上後出轉精；而更
值得注意的是有許多等韻學家推陳革新，企圖擺脫傳統圖式束縛、繁瑣門法、
反切之弊，棄絕舊有等韻理論不合時宜處，創立新說，使研究範圍隨之擴大。
於是相關研究著作遽增，爲等韻學注入新生命，這也促使了當時研究環境得以
蓬勃發展，並爲語音史研究提供相當豐富的語料。

　　耿振生（1999：1，6～9）根據已知語料進行分析，以嘉靖年間（1522～1566）
爲界，將明代二百七十餘年的音韻學研究，劃分爲前後兩期；〔註1〕並在文中將
各期的音韻研究概況與當時學術趨向作一聯繫，探究學術思潮對研究的影響。
以爲後期的音韻學研究呈現一幅繁榮景象，特別是在萬曆年間以及之後的數十
年裡，學者標新立異蔚爲風尚，在語言材料上以實際語言爲標的，在著作形式

〔註 1〕 歷來學者對於等韻學史的劃分，林平和（1975）、李新魁（1983）皆僅將明清劃分
　　　　爲二，唯有耿氏（1992：15～18）將明清等韻劃分爲前期（明初～1572）、中期（1573
　　　　～1722）、後期（1723～1911）三個階段，以中期爲最富活力、最光彩的階段。耿
　　　　氏（1999：1）更進一步將明代細分爲二，故文章之標目雖是「音韻學」，然而就
　　　　其內文所討論多著重於「等韻學」著作，仍採用以說明之。

上則追求破舊立新，是時乃以陸王心學爲學術主流。因此，在這段時間裡，由於經學與文化的開放帶動學術思潮解放，等韻學家們開始懂得注重考察當時實際語音，進而從方言共時性特徵與系統性角度研究語音系統，使得許多方言區都開始有自己的韻學著作。〔註2〕

韻圖是用以分析語音系統的，結合當時韻學著作，除了有助於構擬共時平面各個音系，也便於了解從中古音至現代音演化規律的歷時研究。此外，也有不少韻書、韻圖所反映的音系並非單一性，往往在各自設計的一個音系框架裡，容納兩個以上彼此相互區別的音系，這亦是值得探索、深究的。由於宋代象數學充斥玄虛比附的風氣，這樣的餘緒一直影響明代學術，並直接反映於當時韻圖中，等韻學家以爲人類語言與宇宙生成規律具有密切關係，因而藉由陰陽五行、律呂曆法等玄虛術語說明個人音韻理論架構，非但風馬牛不相及，其中更多有謬誤。使得今日學者對於證成玄理、雜揉象數的音韻著作頗有微辭。〔註3〕《音聲紀元》即是應時之作，且充分體現上述特點。

漢語語音史研究的主要目的，首先在於剖析各個斷代的共時平面音系，進而推求語音歷時演化規律。因此，本文研究目的主要在於企圖架構作者吳繼仕之語音理論及創作動機，探求其書的音系特質、擬構音理系統。並以此爲基點，上溯宋、元語音，下推現代音，以觀其中音變大勢。

中國傳統音韻研究受到西學東漸的影響，學者多以高本漢之說、印歐語言研究法爲科學方法論，並且用以研究中國音韻學。當然，新方法爲傳統研究帶來新氣象，也的確創造豐碩研究佳績。然而，中國等韻學應該有屬於自己的一套研究方法論，不應一味地以今論古、論其疏失；中國音韻研究意欲另闢蹊徑之途，應是重新觀照當時的時代與文化，回歸以當時的角度，重新還原著者的動機及理念，呈現其完整架構才是。唯有如此，中國音韻學研究才能具備獨特

〔註2〕 參見耿振生（1992：15～18）及（1999：6～9）二篇文章。

〔註3〕 羅常培（1982：6～7）提到音韻學研究法有四：審音、明變、旁徵、袪妄。羅氏認爲傳統音韻學有四妄當袪：「論平仄則以鐘鼓木石爲喻，論清濁則以天地陰陽爲言，是曰『玄虛』；辨音則以喉牙互淆，析韻則以縱橫爲別，是曰『含混』；以五行五臟牽合五音，以河圖洛書配列字母，是曰『附會』；依據《廣韻》以推測史前語言，囿於自身見聞而訾議歐西音學，是曰『武斷』。」這種觀念一直爲當今聲韻學研究服膺，在其中所提出的四妄裡，《音聲紀元》即便符合前三項特性。

而無可取代的生命力，才能開創嶄新局面。

從學術角度來看，《音聲紀元》雖然比附陰陽，學者稱其不類，卻仍然隸屬等韻範疇，實不可廢。然而，由於相關資料不足、書中內容駁雜，以及在學術界具有舉足輕重影響的《四庫全書總目提要》以為此書「遂使宮商舛誤，清濁逆施，以是審音未睹其可，又論與表自相矛盾，亦為例不純。」這些重要的因素使得此書於音韻研究領域裡乏人問津，至今尚未有專著討論。

關於《音聲紀元》的相關論著，學者大多集中討論〈二十四氣音聲分韻前譜表〉、〈十二律音聲分韻開闔後譜表〉（以下行文分別以〈前譜表〉、〈後譜表〉簡稱）兩部分。最早為趙蔭棠《等韻源流》（1957）的研究，書中僅止於簡單說明《音聲紀元》體例，並未能有深入的說明。之後林平和《明代等韻學之研究》（1975）除了能夠本於吳繼仕將二者互為體用的初衷，將〈前譜表〉、〈後譜表〉的聲韻母進行比對之外，並以歷史串聯法將兩種圖表的聲韻母系統相互對應，分別與中古及前代的韻學著作進行比較，論述過程雖然簡要，卻為《音聲紀元》音系研究奠定基礎。大陸學者李新魁《漢語等韻學》（1983）、《韻學古籍述要》（1993）對於聲母的討論，僅以〈前譜表〉的六十六聲為主要研究對象，將這套聲母系統合併為三十二個聲母，韻母部分則與《韻法直圖》進行比對，細分其韻類，為其擬音，並分別處理前後譜表，對於這兩種圖格所呈現的現象並未進行綜合性的討論。此外，大陸學界自 1985 年掀起一股文化語言學風潮，耿振生在《明清等韻學通論》（1992）一書中，除了討論語音特點之外，也帶有些許文化語言學色彩，重新觀照明清韻學著作的文化背景，使得韻學研究觀點更為深刻；耿氏對於音系的論定，也能考慮更為細部的方言分區，這是耿氏研究的一大特色。王松木《明代等韻的類型及其開展》（2000）雖未確切論其音系，卻能完全從文化學角度切入，探討作者製作韻圖的動機及時代意義，這無疑增加音韻研究的廣度與深度。

學者研究《音聲紀元》所切入的角度各有不同，各自簡要地對此書的音韻現象及音系做一說明。趙氏乃開研究之先河，將此書歸入存濁系統；林氏看法亦同，認為《音聲紀元》所反映的音系是單一的，或多或少也受到《四庫全書總目提要》的影響，認為書中多有謬誤，而忽略部分可貴方音現象。李氏則稱《音聲紀元》主要反映當時讀書音音系，間雜作者個人方音，李氏注意到書中

方音材料，這是相當珍貴的；耿氏明確地指出此書爲吳方言的反映，與其他學者說法不同。

　　學者們對於音系的看法不一，對於聲母及韻母系統的判定也有所不同，這引發筆者的興趣。同時，研究近代音語料並非僅止於塡補其中的缺罅，一部語料的定位，應直接重新觀照探析材料，筆者以爲更精確的判定其音系是音韻研究的重要工作。基於前賢的研究基礎，本文的寫作即以《音聲紀元》爲主要研究對象，除架構作者的聲學理論之外，並盡可能地將材料做出層次分析，清楚其中承襲前說及創新之所在；就語音現象方面，則將之與《五音集韻》、《經史正音切韻指南》、現代方言資料進行比較，觀察書中特殊音韻現象，歸納其音變大勢，以確切定出其代表音系。

　　學科研究方法的擇用，主要決定於學科性質及研究目的。馮蒸（1989：123～141）提到學科方法論時，曾依據其研究目的而將研究方法大致類分三：（一）求音類法（二）求音值法（三）求音變法，並於文中具體舉例說明可利用之方法理論，如反切系聯法、音位歸併法、……共計十五種，爲音韻研究法提出了相當清楚的理論，本文亦多採用；然而爲說解方便，今筆者根據耿振生（1992：133～138）提出五種研究途徑爲基礎作爲論文寫作方法。以下闡述本文採用研究方法理論的同時，也一併說明涉及語料相關問題及本文寫作步驟：

壹、內部分析法——求音類、音值

　　將等韻著作自身的全部材料聯繫起來，用以考察其音系。在本文中，發現《音聲紀元・前譜表》的用字與《廣韻》有相當出入，未能確切判斷與何種韻書相近。然而《後譜表》的形式內容與《經史正音切韻指南》相近，則得知以《五音集韻》作爲參考。且書中提到「余之紀元者，循天地自然之音聲，一一而譜之，毋論南北，毋論胡越。」可知作者企圖建構南北兼具的音系。

貳、歷史串聯法——鑒別韻書音類取材來源、明音變

　　徐通鏘（1991：72）提到：「語言中的差異是語言史研究的基礎。沒有差異也就不會有比較，沒有比較也就看不出來語言的發展。」因而，在研究之際，能結合歷史上不同時期的材料來考察等韻著作，往上與中古時代的韻書、韻圖相互比較，往下則與現代漢語的語音（包括普通話和方言）相互對照比較。本

文在分析過程裡，將材料分別與前朝《五音集韻》、《經史正切韻指南》進行比較，探討其中編排體制、音系上的異同，釐清語音演變之跡。

參、共時參證法──音系剝離

楊耐思（1993：254）說：「宋元明清的一些韻書、韻圖等往往在一個音系框架中，安排兩個或兩個以上的音系的作法，是造成音系「雜揉」性質的真正原因。根據這種情況，我們就有了一種新的研究方法，這種方法可以稱作「剝離法」，把各個音系剝離出來，加以復原。」因此本文將《音聲紀元》和其他時代相同（相近）的語料進行比較，即便可以得知書中材料哪部分取材於古音，哪部分反映時音，試圖將其中層次作一清楚釐清。

肆、音理分析法

即所謂「審音法」，乃是根據現代普通語音學的原理和語音演變的一般規律來分析音系。

伍、歷史比較法──擬測音值

徐通鏘（1991：72）說：「語言研究的每一種方法都有它自己的客觀依據，如果找不到這種根據，這種方法就帶有主觀任意性，不會有什麼價值。歷史比較法有其可靠的客觀基礎，這主要是語言發展的規律性、語言發展的不平衡性和符號的任意性。正是這些客觀的根據才使歷史比較法成為一種科學的方法。」因此，耿振生（1992：139）為擬測近代漢語音值提出確切條件：「用來進行歷史比較的現代語音材料不超出一個大方言區之外，只從本方言區以內選擇材料；在本方言區內也盡量縮小範圍。範圍越小，關係越近，語音的共性就越多，擬測的音值才比較可靠。」因此，確定音系及其流變之後，擬測音值即可使吾人重聞古人的談吐音聲。

觀察學者們所提出的方法，它們並不是各自孤立的，在研究過程中其實是相互配合使用的。此外，耿振生（1993：44～53，21）提出近代書面音系方法論上的問題，其見解大致如下：

1. 研究近代漢語書面音系之際，對於其複合性特點應給予相當重視。
2. 研究近代漢語書面音系，應該能從方音史的角度去進行分析，不應只是

拘泥於「官話」、「標準音」。

3. 強調方音觀念，並能重視方音材料。

4. 需重視文獻材料的比較互證。

5. 於觀察材料之際，應辨別、剔除虛假音類。

耿氏爲近代漢語書面音系研究法的理論進行更深入的分析，這五點問題的確是我們研究近代音所要注意的。

第二章 《音聲紀元》背景概述

第一節 作者、版本及成書相關論述

作者、成書、版本相關問題，是瞭解《音聲紀元》音韻結構的前提，由於吳氏生平未見於古籍，且此書版本及成書相關問題，歷來研究學者說法不一，因此以下分別論述，以期對於整部著作有提綱挈領之效。

壹 作 者

一、字 號

吳繼仕，《明史》僅載「吳繼仕《音聲紀元》六卷」〔註1〕，對於其人其書都沒有進一步的說明。《明人傳記資料索引》也未見其名。在《音聲紀元‧詹國衡序》裡提到：

> 吾友公信其心良苦哉！當年之青與之游，則見其栖心於制義而嗜古
>
> 耽奇。

這段話說明吳氏對於科舉考試的熱衷，筆者翻查《明清歷科進士題名碑錄》卻未見其名（按：吳氏可能未曾中舉進士）。此外，其生平事蹟在《徽州府志》、

〔註1〕 見〔清〕張廷玉等修：《明史》卷九十六‧小學類，台北市：藝文印書館，1982
年。

《歙縣縣志》及《休寧縣志》相關方志資料裡，也毫無記載。就吳氏著作落款資料記載如下（以**粗體**表示強調）：

徽郡蒼舒吳繼仕**信甫**編著（《音聲紀元》熙春樓版〈卷之一〉）

新安吳**公信氏**（《音聲紀元》重刊本焦竑序）

舟山吳繼仕**公信甫**著（《音聲紀元》重刊本〈卷之一〉）

吾友**公信**其心良苦哉！（《音聲紀元》熙春樓版〈詹國衡序〉）

自趙蔭棠之後的研究學者，皆以「公信」爲吳繼仕的字號，王松木（2000：262）以爲吳氏除了「公信」之外，又字「信甫」，筆者（2001：7）原本採用此說。〔註2〕然而，從吳繼仕熙春樓刻本與重刊本進行比較，認爲重刊本是由吳氏侄孫校訂，「公」字表示尊稱。然而，今以熙春樓版爲本，吳氏自稱信甫，由此可知：在焦竑、詹國衡二人所作的序裡，焦竑稱「公信氏」、詹國衡稱「公信」，有兩種可能：一，「公信氏」的「氏」可能爲「甫」字之誤，稱「公信」可能爲闕字之誤。二，又一字「公信」，然而，這個說法即便又否定了「公」爲尊稱的解釋，故以第一說法較爲妥當。因此，筆者推測：吳繼仕，字信甫。號蒼舒，其書室名曰「熙春樓」（或作「熙春堂」）。

二、編著

吳繼仕，有刊刻、藏書之習，爲明代刻書家。〔註3〕今存編著如下：

1. 著有《音聲紀元》六卷：

根據杜信孚（1983：10）記載得知，此書又有《音律紀元》及《聲音紀元》兩種名稱（本文皆作《音聲紀元》，或簡稱《紀元》）。

2. 編有《七經圖》七卷（今僅存五卷）：

根據《上海圖書館善本書目》、《杭州大學圖書館善本書目》、《中醫書名異同錄》記載，皆以《七經圖》爲吳氏所編撰。此書是以宋・楊甲所著、毛

〔註2〕 筆者於碩士論文初稿討論這個問題時，曾就吳氏著作落款資料進行觀察，認爲重刊本是由吳氏侄孫校訂，因此，「公」字表示尊稱，同於第一種說法，認爲吳氏字「信甫」；然而，焦竑、詹國衡有不同的看法，認爲應以「公信」稱之。今採「目錄版本學」課程裡劉文起老師的意見，修改前說。

〔註3〕 參見瞿冕良（1999：625）。

邦翰所補的《六經圖》爲藍本，再益以宋・楊復所著《儀禮會通圖》（簡稱《儀禮圖》），〔註4〕將二者合併，編爲一書，並易名爲《七經圖》，書中於卷末註明改版情形及改正處。今所見版本爲萬曆三十四年所刊行，藏於國家圖書館。

3. 刻有《四書引經節圖考》十七卷：

撰者不明，今見版本爲明崇禎九年刻本，藏於國立中央圖書館台灣分館。

可知吳氏除著有《音聲紀元》此一韻學著作之外，對於經學亦十分傾心，不但爲之編集刊刻，並也從事校訂、研究工作。其編著先後爲《七經圖》（萬曆34年）→《音聲紀元》熙春樓版（萬曆39年）→《音聲紀元》重刊本（萬曆43年）→《四書引經節圖考》（崇禎九年）。

三、居住地

在吳繼仕的編著裡，所記載其所在處所資料爲：

<u>徽郡</u>蒼舒吳繼仕信甫編著（《音聲紀元》熙春樓版〈卷之一〉）

<u>舟山</u>吳繼仕公信甫著（《音聲紀元》重刊本〈卷之一〉）

<u>新安</u>吳繼仕重書（《音聲紀元》重刊本〈音聲紀元總圖〉）

明<u>新都</u>吳繼仕考校（《七經圖》〈卷之一〉）

這些地方所指何處？是筆者所要探討的問題。在上述資料裡，首先可以確定的是「舟山」，從《中國歷史地圖集》及《中國歷史地名大詞典》、《中國歷代地名要覽》等書，可知爲今日浙江省舟山島。筆者推測：吳繼仕在萬曆43年（1615）左右移居至浙江舟山島，並將《音聲紀元》重新刊刻。然而，爲什麼吳氏要遷居他鄉呢？對於這個問題，筆者的碩士論文作任何交代。舟山島以捕魚爲生，〔註5〕從吳氏的專長來看，應該不可能因爲從事漁業工作而遷徙；吳氏是以版刻爲業，是否與版刻材料有關呢？版刻的木材以紋底細緻的棗木、梨木、梓木、黃楊木爲優，且根據《舟山志》記載當地確產黃楊木，因此，吳氏可能因爲需要刻書的木材而搬到舟山去。

〔註4〕《四庫全書總目提要》記載吳氏著有《六經圖》，杜信孚（1983：10）認爲《儀禮會通圖》爲吳氏所撰，然而，從筆者正文考證可知，吳氏著有《七經圖》，爲《六經圖》及《儀禮圖》合編改訂本，可知二說皆誤。

〔註5〕參見舟山漁志編寫組編：《舟山漁志》，湖南省：海洋出版社，1989年。

其次，要確定的吳氏的原居地「徽州」何指？在參考的相關書籍裡，都只是記載古地名，如《中國人名大辭典》、《明代版刻綜錄》等書作「徽州」，《中國古籍版刻辭典》作「徽郡」。確定吳繼仕的居住地，對於研究《音聲紀元》音系及作者所操的語言有極大的幫助，因此，近代學者對於這個問題也有所考察。即使如此，對於「徽郡」、「徽州」究竟所指何處，仍舊看法不一。筆者就所知的考訂成果來說：林平和（1970）考訂爲「徽州新安」，〔註6〕趙蔭棠（1958）、李新魁（1990）、王松木（2000）作「安徽休寧」，〔註7〕耿振生（1992）作「安徽歙縣」。其中，休寧、歙縣相隔百里，且安徽境內所操語言有江淮官話及吳語兩類，且各方言點語言亦有殊異，因此，找出古今確切的對應點是必要的。

明代官制採取「省、道、府、州、縣」的管理方式，筆者根據《中國歷史地圖集·明時期》、《中國歷史地名大辭典》進行對照而發現：〔註8〕書中所指「徽郡」即當時徽州府，〔註9〕附近有新安山，並有新安江流過。於萬曆十年（1582）設置兩京及十三布政司，徽州府即屬兩京之內，治歙縣；此外新都（郡）、新安（節）均亦設於此處。〔註10〕由明代的地方劃分來看，加上對於地圖、文獻的觀察，可以得知吳氏的原居地應如耿振生所言：於今安徽省歙縣。

四、生　平

吳氏生平典籍雖然沒有記載，根據他所刊刻的書來看，應活躍於萬曆至崇禎年間的版刻界，並延伸觸角至學術論壇。〔註11〕在長期嚴密思想控制後，當時社會思想主流轉變，學術風氣開放，教育體制由官學制易以書院教學；同時，理學權威性受到挑戰與質疑，造成提倡思考與質疑的精神，也造成學

〔註6〕 林氏考訂出的「徽州新安」仍爲古地名，經筆者查證，在現今安徽省境內未有「新安」一地。

〔註7〕 黃沛榮認爲吳繼仕之原居地應作休寧，其依據爲何，筆者未能得知。

〔註8〕 參見譚其驤編：《中國歷史地圖集·明時期》，頁 68～69。魏嵩山編：《中國歷史地名大辭典》，頁 1190～1191（新安）、1195（新都郡）、1290（徽州）、416（舟山）。

〔註9〕 明代的「徽州府」是指安徽歙縣。見青山定雄編：《中國歷代地名要覽》，臺北市：洪氏出版社，1985 年，頁 102。

〔註10〕 見張明聚編著：《中國歷代（公元前 221～公元 1991）行政區別》，北京市：中國華天出版社，1996 年，頁 368、384。

〔註11〕 黃沛榮認爲吳繼仕主要活動於學術界，進而延伸觸角至版刻界。

術強調獨闢蹊徑，至於百家爭鳴的熱烈局面。吳繼仕生活在這樣的環境，自然受到時代風氣影響。就其交遊論之，與焦竑、詹國衡有所往來。〔註12〕同時，根據上述《七經圖・卷之一》：「明新都吳繼仕考校」這句話，筆者推斷吳繼仕的卒年應該晚於清朝（1644）之後，因此才會自署國朝。此外，在《音聲紀元・詹國衡序》裡，簡單卻清晰地透露出吳繼仕的志向：

> 吾友公信其心良苦哉！當年之青與之游，則見其栖心於制義而嗜古耽奇；已而見其游心於地學，則註催官編以行世；已而見其游心於詩學，則鐫熙春稿以行世；已而見其游心於字學，蓋黑張芝之池、塚智永之筆矣。心猶未已也，復究乎河洛之數、義易之旨、詩樂之文、音韻之書，而聲音紀元之編出矣。

可知吳氏年輕之際即便「栖心於制義」，亦受到當時學術風氣影響，具有相當創新精神，因而「嗜古耽奇」。在明清時期有許多音韻學家仍有其他學術專長，吳氏處在當時風氣之下，也自然涉獵廣博，除了能夠「詩章字畫，咸自名家」之外，又精通聲音律呂。對於音韻有所研究之外，在地學、詩學、字學等領域也都致力鑽研；同時，因作《音聲紀元》一書，而究乎河洛之數、義易之旨、詩樂之文、音韻之書，將象數、律呂、音韻之學互爲體用，共冶一爐。

貳 版 本

版本對於音系研究雖是隸屬外緣問題，然而不同版本、不同內容，或是原作者不同時期意見的反映；或涉及後世學者更改使然，這即能導致音理現象的錯誤判斷。因此，筆者認爲在討論正文之前，應先就本書版本問題作一討論。對於《音聲紀元》的版本，《欽定四庫全書總目・存目》記載爲「通行本」，對於內容並無詳細敍述。

歷來學者在探討《音聲紀元》時，對於這個問題並沒有論及，近代學者趙蔭棠（1957：172）首先對其分析材料作出描述：

> 故自署於其書曰：「徽郡蒼舒吳繼仕信甫編著」。書前有萬曆辛亥

〔註12〕《中國人名大辭典》頁 1175：「焦竑，明江寧人，字弱侯，號澹園，爲諸生有盛名，萬曆中以殿試第一人官翰林修撰。竑既負重名，……竑博極群書，善爲古文，典正馴雅，卓然名家。年八十卒，……有《易筌》、《禹貢解》。」而詹國衡在《中國人名大辭典》、《明史》及相關方志均不見其生平資料。

八年上浣自序，並有澹園居士焦竑萬曆辛亥冬序。時當西曆 1611
年。

又於文末寫道：「前年冬某書店持此書向吾輩求售，俱嫌其索價太昂，後歸於北
京圖書館。」〔註 13〕根據這段文字來看，此書今應藏於北京圖書館；筆者根據
《北京圖書館古籍善本書目》頁 195 記載，得知館中所藏僅有一種版本，即「明
萬曆刻本，六冊，十行二十小字雙行同白口四周單邊」，筆者曾親至北圖將資料
收集，得知這個本子每半頁版匡高 20.8 公分，寬 14.3 公分。此外，李新魁於《漢
語等韻學》、《韻學古籍述要》二書對於《音聲紀元》也有相關描述：「此書刊於
萬曆辛亥年（公元一六一一年）。書前有焦竑寫的序言。」〔註 14〕由此可知，這
些學者所見版本均同。然而，筆者在台灣另蒐集到四種本子，與前述學者們所
言有所出入，進行比對時發現這四種本子的內容也不盡相同，分述如下：

一、各版本內容之比較

（一）明萬曆辛亥（三十九年，1611）徽郡吳氏熙春樓刊本

以下簡稱「熙春樓刊本」，每半頁版匡高 21.2 公分，寬 14.9 公分。四周
單邊。每半葉十行，行二十字。版心花口，單白魚尾，上方記書名（「音聲紀
元」），中間記卷第（如「卷之一」），下方記葉次。此本卷葉頗受蠹損，〈音聲
紀元二十四氣音聲分韻前譜表〉缺圖十七、十八。首卷首行頂格題「音聲紀
元卷之一」，次行低八格題「徽郡蒼舒吳繼仕公信甫編著」，末卷有尾題。扉
葉有三行欄牌記：「萬曆辛亥（三十九年，1611）九月梓／音聲紀元／熙春樓
藏板」。卷首有萬曆辛亥詹國衡序（萬曆辛亥八月既望之二日）及吳繼仕自序
（萬曆辛亥八月），正文中有韻圖。今藏於國家圖書館。

（二）明萬曆間重刊本

以下稱「萬曆重刊本」。每半頁版匡高 20.8 公分，寬 14 公分，左右雙邊。
每半葉十行，行二十字。版心花口，單白魚尾，上方記書名（「音聲紀元」），
中間記卷第（如「卷之一」），下方記葉次。首卷首行頂格題「音聲紀元卷之
一」，次行低一格「舟山吳繼仕公信甫著」，越一格又題「姪孫吳祚長孺甫訂。」

〔註 13〕見趙蔭棠（1985：178）。

〔註 14〕見李新魁（1983：235），以及李新魁、麥耘（1993：483）。

〔註15〕卷末有尾題。卷首有萬曆辛亥年冬（三十九年，即西元 1611 年）焦竑
序、吳繼仕自序（辛亥八月）。次〈音聲紀元總圖〉，末行下方署「紀元成後
五年復立此圖，以釋紀元義，新安吳繼仕重書」，書中並有珠筆點校，可能是
藏書者閱讀所記。今藏於國家圖書館。

（三）《罕見韻書叢編》收錄版

爲長城（香港）文化出版公司所印《罕見韻書叢編》所收。書前題「據
明萬曆三十九年辛亥刊本影印原書半葉高二十一釐米寬十四釐米」，有萬曆辛
亥冬澹園居士焦竑序，卷末有缺葉。四周單邊。每半葉十行，行二十字。版
心花口，單白魚尾，上方記書名（「音聲紀元」），中間記卷第（如「卷之一」），
下方記葉次。首卷首行頂格題「音聲紀元卷之一」，次行低八格題「徽郡蒼舒
吳繼仕公信甫編著」。根據版式記載推測，這與趙氏、李氏、今北京圖書館所
藏的本子相同。今《續修四庫全書》所刊行者亦屬同一版本。以下暫稱爲「罕
見韻書叢編版」。此版本間有蠹損，葉尾有兩葉缺葉現象。根據《罕見韻書叢
編》版式記載，此書所編集內容是熙春樓版（萬曆辛亥九月梓），內文部分則
依據重刊本有所改動，並採用重刊本中〈焦竑序〉（焦竑之序乃成於辛亥年
冬），應屬拼湊版本，在時代的判定有困礙。

（四）《續修四庫全書》版

收錄於上海古籍出版社於 1995 年所印行的《續修四庫全書・經部・小學
類》第 254 冊。於書前記載「據北京圖書館藏明萬曆刻本影印，原書版框高
201 毫米，寬 288 毫米。」字樣。筆者將這個本子與北京國家圖書館所藏的
本子比對，發現二者內容幾乎相同，唯一在〈音聲紀元十二律音聲分韻開闔
後譜表〉裡有所差異：即北京圖書館所藏本子在圖旁四格分別標註有『重之
重、輕之重、輕之輕、重之輕』字樣，而《續修四庫全書》版則無。以下筆
者將所見五種版本進行比較，對於各本內容有所出入之處，依照書中所居次
第逐一列表註明，以示各本其中異同處：（「＋」表示「有」，「－」表示「無」，
「　」表示與其他本子不同）

〔註15〕吳祚長相關傳記資料，史書、傳記均未記載，方志中同姓名者均不屬於安徽或浙
江人，故至今未能查考清楚。

	詹國衡序	焦竑序	《紀元》總圖	姪孫校訂	〈後譜表〉輕重標註
1 熙春樓刊本	＋	－	－	－	＋
2 萬曆重刊本	－	＋	＋	＋	＋
3 《罕見韻書叢編》版	－	＋	－	－	＋
4 「北京圖書館」版	－	＋	－	－	＋
5 《續修四庫全書》版	－	＋	－	－	－

在所見的五種本子裡，其中第3、4類書中所載內容完全相同，又《續修四庫全書》除了在〈後譜表〉前未標明「輕重」字樣之外，其他內容也完全相同，因此，筆者以為第3、4類應屬同質，故可將之併為一類。既然如此，可以進一步依據「行款」、「版式」、「內容」這三項條件，再將上述五種本子分為三類，即為「熙春樓刊本」、「萬曆重刊本」、「罕見韻書叢編」版。

二、版本的先後問題

釐清版本問題之後，究竟孰者刊刻在先？這三種本子中所提及的版本時間皆為萬曆辛亥年，而刊行的先後順序應該是如何呢？首先迻錄書中有關時間之記載並予推論：

（一）熙春樓刊本

詹國衡的序末云：「時萬曆辛亥（1611）八月既望之二日。」又扉葉有三行欄牌記：「萬曆辛亥（1611）九月梓／音聲紀元／熙春樓藏板」。這可以充分顯示熙春樓版成書早於辛亥八月既望之二日，於同年九月刊行。

（二）萬曆重刊本

焦竑序云：「萬曆辛亥年冬澹園居士焦竑著。」又有〈音聲紀元總圖〉，末行下方署「紀元成後五年復立此圖，以釋紀元義，新安吳繼仕重書」。從這段話可知：此版本必晚於萬曆辛亥年冬；再從〈總圖〉所提供的時間可得知：萬曆重刊本是熙春樓刊本刊刻五年後的產物。以下再以圖表說明時間關係，以確切地判定版本之先後：

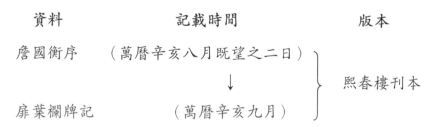

資料	記載時間	版本
詹國衡序	（萬曆辛亥八月既望之二日）	熙春樓刊本
	↓	
扉葉欄牌記	（萬曆辛亥九月）	

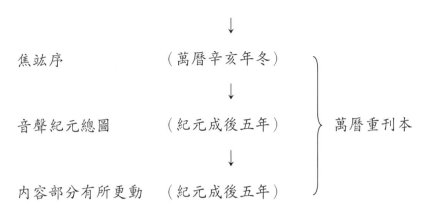

焦竑序 （萬曆辛亥年冬）

音聲紀元總圖 （紀元成後五年）　　萬曆重刊本

內容部分有所更動 （紀元成後五年）

第 3 類本子以「《罕見韻書叢編》版」為代表，其中有〈焦竑序〉，可知此版本必晚於萬曆辛亥年冬；書中並無姪孫校訂的落款、朱筆點校，也沒有「音聲紀元總圖」；但是，根據筆者校對，發現此本內容部分根據「重刊本」有所更動，〔註16〕如此論定，則可知「罕見韻書叢編版」應成於「重刊本」之後。

版本學裡所謂的「善本」乃是指「足本」、「舊本」、「精校本」，今本文用以研究音系之材料，採用「熙春樓刊本」。主要原因是由於這個版本刊刻時代較早，既是原本則訛誤自然也少。除此之外，再輔以其他兩個版本作一對照。並對「重刊本」裡的〈焦竑序〉、〈音聲紀元總圖〉也會盡可能地加以利用，以期望能對吳氏音韻理論有整體性的認識。

參 成 書

一、成書過程

《音聲紀元》一書，根據筆者所見到的最早版本為「熙春樓藏版」，從書中記載可以得知其正文成於萬曆辛亥八月之前，而書刊刻於明萬曆辛亥九月，時為西元 1611 年，值得注意的是：此乃版本年代，而不是成書年代。而吳氏又於五年後重刻此書，對書中內容作些修改，增加了〈音聲紀元總圖〉、將〈詹國衡序〉易以〈焦竑序〉、並由姪孫校訂，稱「萬曆年間重刻本」；由此判斷此版本應作於 1615 年之後，1620 年之前。至於此書的成書過程，由上文所陳列資料，筆者做出下列推論：

〔註16〕重刊本是根據原書重新刊刻者，因此異動處不多。例如：「熙春樓版」卷一葉十一行十五處：「分二百八十八則閏餘十二。」「重刊本」作：「則閏餘二十四」，「罕見韻書叢編版」與重刊本同。這提供什麼樣的訊息呢？筆者以為二者連改動的字體都相同，因此並非後人竄改或訛誤，此乃作者前後意見的修訂。

第一，吳繼仕《音聲紀元》正文部分，最晚應寫成於萬曆辛亥八月之際，並將其著作交付詹國衡及焦竑二人，請二人為斯書作序。詹氏序成於八月，是故刊刻於九月的熙春樓版中。第二，焦竑序成於辛亥年冬，然而，吳書已於八月刊刻，故未能收於熙春樓版，直到五年後吳氏將《紀元》重刻，便將其刊行。

二、成書宗旨

除了成書的相關問題之外，此書命名理據為何？

> 夫音聲之學，萬世同原。……何謂「音」？宮商角徵羽是也（原注：即喉齒牙舌唇）；何謂「聲」？平上去入是也。(《音聲紀元・敘》

又說：

> 紀元者何？紀音聲之所自始也；亦六書中諧聲所自始也。然其音聲不以意、不以形、不以事、不以義，而惟和協其聲音。古無韻書，只有韻語。……至周末衰，秦火復作；而先王樂器並音聲俱不可考矣。而方言各異，南北平仄不啻胡越矣。余之紀元者，循天地自然之音聲，一一而譜之；毋論南北，毋論胡越，雖昆蟲鳥獸，總不出此音聲之外；憑而聽之，皆可識矣。以之治曆制樂，庶乎其旨哉！
> (《音聲紀元・卷之一》)

可知此書之命名，即瀰漫比附思想，蓋取紀音聲與六書中諧聲之所自始也；意圖利用不同領域的理論來附合音韻理念，以紀天地音聲之元。吳氏作《音聲紀元》一書，相信他心中是持有相當大的抱負與期望，何以如此推論呢？從〈卷之三〉頁 25 裡，可以瞭解其創作動機：「故求律者，求之於聲氣之元，而紀元之以音聲名者夫亦制禮、作樂、造曆、明時，協神人和、上下宣化之一助也。」也就是說：吳氏對於前人與自己將音韻、曆法等玄虛觀念結合在一起的說法，非但堅信不移，更希望能藉由這個理論架構的呈現，回過頭來應用於宇宙玄理，以達天人合一之境，這和邵雍的想法是相同的。而從下列兩段引文，更可以清楚觀照其成書宗旨所在：

> 新安吳公信氏詩章字畫，咸自名家，吟詠揮灑之餘，於聲音之道窺斑得臠，擷英尋實，犁然有契於心。於是原本天地，貫通律呂，而《紀元》一書作焉。以律統音，以音叶韻，母唱子隨，宮奏商應，而六書之奧瞭然如指諸掌矣。至於沈約、顧野王諸家，古今奉為金

科玉條莫敢指議者，君皆琢磨淘汰，洗髓伐毛，而推邵子窮天地之原，李文利正律呂之誤，此固一時之卓識，雖聲樂、曆數皆所必資，不特字書之關鍵而已。（《音聲紀元》重刻本〈焦竑序〉）

《四庫全書總目提要》也提到：

是書大抵以沈約以來諸韻書，但論四聲七音，而不以律呂風氣爲本，未能盡善，惟邵子《皇極經世》、李文利《律呂元聲》，爲能窮天地之原而正律呂之誤，於是根據二家作爲此書。綜以五音，合以八風，加以十二律，應以二十四氣。有圖有表，有論有述，而以風雅十二詩附焉。

根據焦竑及《四庫全書提要》所言，可知吳氏著書宗旨乃是秉持「窮天地之原，正律呂之誤」爲最高原則，並本諸邵雍象數之學及李文利律呂之說，進將音韻與陰陽數理、律呂結合。並非專爲字學所作，實爲半爲道學半爲樂理的論著。

第二節　成書背景

耿振生《明清等韻學通論》（1992）一書闡述明清韻學著作中的文化意義，探討韻圖與玄虛理論之間相互制約的密切關係；王松木《明代等韻的類型及其開展》（2000）直接從文化語言學角度探究明代眾多韻圖的文化意涵，於文中（2000：264～266）提出作者吳繼仕的思維概念可溯源於傳統「候氣說」與「律曆同道」觀念。〔註17〕其實這些觀念的基礎、根源，所指的就是象數思維方法。

《周易》所蘊含的象數思維模式，就其內涵論之，大致可類分爲二：一是「取象比類」，也就是「以象明理」，其著眼處在「象」；二是「運數比類」，著眼處則在「數」。〔註18〕吳繼仕的思維概念既然被象數所制約，吾人想要瞭解其成書背景，則應先就時代、所受影響之人物思想兩方面進行瞭解。以下分別說明之：

〔註17〕關於「候氣說」及「律曆同道」的相關觀念，可參見戴念祖（1994：500～515），此處暫不贅述。

〔註18〕參見唐明邦（1988：52），文中對於玄虛概念的附會起源及意義有簡要的說明。

壹 時 代

　　兩漢之際，學者藉由解釋《周易》的過程，進而發展出各自的象數學說。自京房易學以來，古人基於天、地、人三才合一思想，將「運數比類」思維用於天文、曆法、樂律等處，將度量衡的標準、樂律的元聲、地上的政事、天上的節候結合在一起，這樣的思維仍然牽制著千年之後的明清學者。舉曆法與樂律為例：

一、曆法──運數以表示四季變化的節律

　　為了便於人事活動，先民們企圖探索、掌握自然界的變化規律，而精密計算四時陰陽變化之「大數」。《禮記・月令》云：「凡舉大事，毋逆大數。必順其時，慎因其類。」以為瞭解宇宙生成規律，方能達到「與天地合其德，與四時合其序」的境界。

二、樂律──運數以規範律呂損益的程序

　　古人由於時代的侷限，對於音樂的理解及運用也帶有相當迷信成分。《呂氏春秋・音律》是中國律學之始，指出「樂聲於度量」觀念。又《管子》開始提出六律與六呂之間的損益相生關係，是為「三分損益法」，以繁複的演算過程解釋音律，將數學與律學相結合。〔註19〕

　　從《後漢書》開始，律學與曆法常被史書共稱為《律曆志》，足見這樣的觀念普遍存在。〔註20〕古人利用象數的數量關係來推演世界的發展，將曆法、律呂等概念完全憑主觀想像地剖分、結合。也就是根據「數字的一致性」來聯繫，因此，而認定律呂聲音與天體運行具有同質、同構的同體關係。〔註21〕

　　宋代象數學風復熾，學者更進一步闡發學說，直到明中葉才有王廷相等人的反對之風，即使如此，根深蒂固的思想是無法立即銷聲匿跡的，仍然深植於文人心中。至於樂律和術數思想究竟是如何合流的呢？平田昌司（1984：181～191）認為：合流過程可以細分為三個階段：（1）《周易》重視「數」的觀念；

〔註19〕參見戴念祖（1994：138，139，160）。

〔註20〕參見戴念祖（1994：508）。

〔註21〕古人將音樂與語音結合這樣別出心裁的安排，張清常（1956：233～238）提出原因有二：（一）語音和音樂二者都有高低抑揚、強弱輕重、長短舒促等特性。（二）古人對音樂的迷信。

（2）「樂律」和「數」的搭配；（3）樂律和時間的搭配。在佛教傳入中國時，密教高僧附會《周易》術數體系解釋曆法，且唐宋時期術數家往往有兼習等韻學的傾向，所舉與等韻有關的「所謂『四聲字母』、『子母輕重』，均指佛教系統的等韻學，與官韻等儒家正統音韻學性質不同」。這些都在說明聲韻與術數之間的關係愈益密切。因此他總結說：「律曆術數和音韻學在東漢時期開始交流，形成了所謂『五音之家』。佛教東傳，推動了中國音韻學和語言神祕思想的發長。在密教悉曇學的影響下出現的等韻學，以闡明語音爲核心目的，把語音現象歸納成一套極爲規律的系統。密教認爲語音系統代表神祕意義，這思想促使等韻學與傳統術數家相靠近。」而聲韻與術數之間的發展，大致來說可以利用簡表說明如下：

周易＋數 ➡ 樂律＋數 ➡ 律曆＋聲韻 ➡ 佛教＋術數

➡ 佛教＋等韻 ➡ 術數＋等韻〔註22〕

既知聲韻與術數關係在時代上的愈益密切，而確切時代究竟起於何時呢？根據已知語料觀察，可知韻學領域的附會之風應起於唐宋之際，宋・邵雍《皇極經世・聲音唱和圖》〔註23〕以聲音來比附曆法、五行、風氣、律呂……，以音韻系統來援說易理，部分學者起而效之，反藉由玄虛理論架構語音系統。吳繼仕也就是處於如此迷信玄虛說法的社會環境，並對此深信不疑，以致於個人理論架構無法獨樹一格，仍深受社會思維的制約。

貳　邵雍、李文利

除時代因素之外，吳繼仕於《音聲紀元》書中自稱其創作之旨乃本於邵雍與李文利，〔註24〕既然如此，則可以藉由邵、李的二人學術思想來觀照吳氏的

〔註22〕參見陳梅香（1993：33）。

〔註23〕〈聲音唱和圖〉可見於邵雍《皇極經世書》卷四〈觀物〉第 37 篇。《語言文字百科全書》提到此書用以宣揚陰陽數理學說，以天聲、地音互相唱和而「窮動植物飛走之數」，所謂的「聲音唱和」是指「聲音相互拼合」，明清韻圖有不少受其影響。本文的寫作僅討論其間的影響傳承關係，因此，〈聲音唱和圖〉的音系並非本文討論焦點。

〔註24〕邵雍（1011～1077），字堯夫，諡康節，共城（今屬河南）人。李文利，莆田人。字乾遂，號雨山，成化舉人，官思南教授，著有《大樂律呂元聲》、《律呂考註》。

音學背景。然而，此二人之學術思想爲何？

　　邵氏《皇極經世書》首先利用陰陽五行等觀念來指導韻圖的創作，之後，又反過來運用音聲的學理來宣揚證成「天地變化、陰陽感應」的玄理思想。其哲學思想是以先天象數學爲理論基礎，根據《周易》象數思想，建立「包括宇宙，始終古今」的消長循環模式。並以此象數系統爲最高原則加以推衍，也將宇宙發生的過程視爲象數演變之歷程。也就是將神秘的「數」看做宇宙萬物的原始，就如同書中提到：「神生數，數生象，象生器。」並以此建構出一套易學的數學體系。在《音聲紀元‧卷之一‧述古》頁 22 裡，吳氏也轉述邵雍的音學理論：「以天聲唱，而地音和之。天聲平上去入，地音開發收閉。如『多可個舌』是有其聲而有其字者也；『古甲九癸』是有其音而有其字者也。然『開宰愛下』之○爲入聲，『古瓦仰下』之□爲閉音，其○其□有其聲、有其音、有其字。既無其字，吾不得而悉字之。」

　　吳繼仕又說：

> 邵子《皇極經世》音聲之法，以聲音分別日月星辰、水火土石，以平上去入列於日月星辰之內，以開發收閉列於水火土石之間。……凡日月星辰四象爲聲，水火土石四象爲音。聲有清濁，音有闢翕；遇奇數則聲清、音爲闢，遇偶數聲爲濁、音爲翕。聲皆爲律，音皆爲呂，以律唱呂，以呂合律，以聲屬天，天之用聲別以平上去入者一百一十二，皆以平上去入之聲唱之。……邵子之一百五十二音，移而分屬正韻之七十六韻，故可以被之絲竹；若一一又總之以六經，斯爲盡善，其法最爲繁密。……若能推而用之，是亦用夏變夷之一機也。（《音聲紀元‧卷之四》頁 12～13）

由此可知，吳繼仕非但大量地學取邵氏音學觀念，以爲此法可「被之絲竹」，「總之以六經，斯爲盡善」，應加以推闡。在內容上，〈聲音唱和圖〉分爲天聲、地音兩部分，天聲共有「十聲」，每一聲有四個組合，各配以代表天之四象——「日月星辰」，計有「平聲四十、上聲四十、去聲四十、入聲四十，共計一百六十聲」，地音則「十二音」，每一音也有四個組合，再配以代表地之四象——「水火土石」，有「開音四十八、發音四十八、收音四十八、閉音四十八，共計一百九十二音」。其中白圈「○」代表有聲無字，黑圈「●」代表

無聲無字共四十八位；白框「□」代表有音無字，黑框「■」則代表無音無字共四十位，所以聲音之存有者，實際爲一百十二聲、一百五十二音。〔註25〕
《音聲紀元・卷之四》頁14裡，便清楚地說到：「至於有聲無字、有音無字，如康節之所謂○□●■，是皆通造化者。今《紀元》之所謂○●，其大意與邵氏相同。但邵氏之說繁密，而余之說較爲易入矣。」可知邵雍在〈聲音唱和圖〉裡有一套分析語言的術語，如以「音」指「聲母」、「聲」指「韻母」，圖中有「天聲」、「地音」都安排無字的空位。而邵雍所用的「天聲」、「地音」及有音無字○□都是經過安排，不一定反映實際的語音系統。就如同陸志韋（1946：71）所云：

> 邵氏著書的目的，單在講解理性陰陽。關於音韻的一部份，只是附
> 會術數而已。他的〈天聲圖〉、〈地音圖〉都留出好多空位來，以爲
> 語音裡雖沒有這一類代表的聲音，可是憑陰陽之數，天地之間不可
> 沒有這樣的聲音。

吳繼仕以邵氏理論爲基礎，企圖推演出一套屬於個人的音韻理論，將其中精神實踐於韻圖創作裡。在《音聲紀元》中，吳氏以「○」表示有聲無字，以「●」表示有音無字，至於邵氏「無聲無字」、「無音無字」者則未以符號標明。這乃是承襲並且加以改良邵氏之標示方法，免於繁瑣細碎；同時，如同陸志韋所言，則知邵氏的語音系統中未能將天地之音完全展現，吳氏則企圖架構天地南北兼賅之音理系統。書中有〈音聲紀元總圖〉即仿效〈皇極經世一元圖〉。足見吳氏對於邵氏已至於崇拜之境，就如同他在《音聲紀元・卷之一・述古》說到：「千古之下，惟邵子有獨詣之識，其著皇極之法，出於渾成，條理精密，眞可爲律呂之正宗，學者由其法而廣之，即《紀元》之體在是矣。」

　　至於李文利的律學思想，就《音聲紀元・卷之一》記載，可以得知李氏之律學主張與眾說有異：

> 夫自漢以來，皆以黃鍾之長九寸，而李氏獨謂黃鍾之長三寸九分，
> 吹之以爲黃鍾之宮曰含少，因詳加攷證。以三寸九分正司馬遷黃鍾
> 九寸之誤；以太極、陰陽、五行，由一生二，由少以及多，見黃鍾
> 數少爲極清，以正宮聲極濁之誤，書圖立說，昭然可攷。其說實爲

〔註25〕見陳梅香（1993：18～19）。

奇偉，故今之二十四氣韻圖譜五音實爲本之，而前人之宮羽舛謬，清濁逆施，正由黃鍾一差諸謬所必至耳。

吳氏認爲李文利的說法乃是「得之獨創」，不但能闡明「三分損益」及「隔八相生」〔註26〕之理，也能周全地解釋「律曆同道」觀念，因此，「凡書之要，一一拈出以示人，可謂透其關鍵而得三昧矣」。因此，這種觀念也在其韻圖體制中體現無遺：

> 故五音但當論宮徵商羽角流行之序，不必論宮商角徵羽多寡之數。其曰宮商角徵羽特於一調曲之間，總記其輕重清濁之次，分爲五等。曰全清記之以○，曰次清記之以◉，曰清濁半記之以◐，曰全濁記之以●，曰次濁記之以⭘。而宮爲全清，商爲次清，角爲清濁，半徵爲次濁，羽爲全濁。其〈十二律開闔譜表〉於清濁，悉依李氏之序。（《音聲紀元・卷之四》頁16）

然而，《四庫全書總目提要》評述：「至於黃鍾律長九寸，歷代相傳初無異說，惟李文利獨據《呂氏春秋》謂黃鍾之長三寸九，而以司馬遷九寸之說爲誤。又即以三寸九分之說推之，以爲黃鍾極清，而以宮聲極濁之說爲誤。單文孤證，乖謬難憑，而此書遂使宮羽舛誤，清濁逆施。」這段話是對李文利說法的指正，也說出李氏說法謬誤造成的影響之深，對於《音聲紀元》一書更是頗有微詞。

《音聲紀元》之創作背景充斥著象數思想，瀰漫著濃厚的比附風氣。這樣的思維方式，吾人觀之實覺謬誤，然而，就當時眼光來看，就如同邵雍〈觀物〉云：「是故一分爲二，二分爲四，四分爲八，八分爲十六，十六分爲三十二，三十二分爲六十四。……猶根根有幹，幹幹有枝，枝枝有葉。」這所有的附會也就成了契合。程顥《明道文集・卷四》即評述曰：「汪洋浩大，乃其所自得多矣」。也就是指這一切都是按照主觀設想的固定框架變化，不論是邵雍或吳繼仕，甚至當時附會的等韻學家，皆是以個人的象數學體系來概括宇宙一切。

〔註26〕三分損益法是指「十二律上下相生」的觀念，以爲宮居中，構成徵生商、商生羽、羽生角、角生徵的關係，可詳見《紀元・卷之三》頁 3～5。隔八相生的觀念，吳氏在《紀元・卷之三》頁5有所定義：「隔八者，併前律後律爲八，其實所隔但六耳。……即黃鍾隔大、太、夾、姑、仲、蕤生林鍾，……皆中間所隔。惟六併前後爲隔，八相生也。」

在《音聲紀元‧審音》頁 2 裡，吳氏引用《小雅》樂譜，於文下注有一段話頗耐人尋味：「其音不合節奏，如一『呦』字，前後各屬之類，似非聖人之意也。故載之於此，以俟知者辯焉。」這除了指出「呦」既屬應鍾，又屬南呂之外，似乎也是吳氏對這種「附會之風」的不解及質疑吧！同時，在他心中或許也期待著智者告訴他答案！

《四庫全書》在中國學術界史上扮演舉足輕重的角色，其述評的影響更是不在話下。然而，探究吳氏的時代背景之後，必須平心而論地說：吳繼仕受到當時整個時代風氣的影響，認爲這些文化理論架構之間具有相當相似性，除進行比附之外，並援以製作韻圖，從現今角度來看雖屬子虛，卻是當時文化語境的實際呈現，也是吳氏歷史觀的反映，更可作爲其音學架構的基本核心理論。

在這一節裡，筆者嘗試從「時代」、「人物」兩方面來探討本書的成書背景。簡單地來說，在時代方面，吾人可以瞭解到吳繼仕由於時代思維的制約，對於比附風氣深信不移，因此，在《紀元》書中採用歷法、律呂、節氣來呈現音學思維；在人物方面，可知吳氏以邵雍、李文利的理論爲基礎，架構個人理想中的韻圖體制，並企圖將天地之音完全展現於書中。總而言之，吳書是將前人的音學理論及他書的音理系統，加以增減，以成一家之言。

第三節 《音聲紀元》重要術語解釋

在《音聲紀元》書裡，吳氏著有〈前譜表〉、〈後譜表〉兩個用以呈現音理系統的韻圖，並於書中文句夾有些許術語。這些術語在韻學著作裡多帶有相當個人色彩，乃是由於明清等韻學家對於同一名詞，每個人可能會有不同的詮釋。〔註 27〕面對這樣的情形，吾人若能清楚地瞭解韻學著作裡專有名詞的含意，必能如同提綱挈領一般，有助於進行材料的深入分析，也更能收到事半功倍之效。因此，以下分別就書中重要術語進行解釋：

〔註 27〕耿振生（1992：29）提到：「明清等韻學家一方面大量沿用古代等韻學的術語概念，同時也不斷創造出新的術語。新的術語名詞有的完全代表著新出現的觀念，在從前的等韻學裡沒有與之相應的詞語，如開齊合撮四呼即屬此類；有的只是爲舊有的等韻概念換一個新名稱，過去原有某個名稱代表相同的概念，如關於聲母部位的一些術語。在術語名稱的使用上，明清等韻學家也是各行其是，沒有統一的規範，因而五花八門，分歧甚大，同名異實和同實異名的現象大量存在。」

壹　音　聲

　　書名既作《音聲紀元》，且在音論部分有〈聲元論〉、〈音元論〉，可知作者對於「音」、「聲」是相當重視的。在一般語音學觀念裡，二者分別可以指「聲母」、「聲調」、「整個音節的發音」及「韻」。由於吳氏對於邵雍可以說是推崇備至，在音學觀念裡更深受其影響，《聲音唱和圖》裡，邵氏以「音」爲「聲類」，以「聲」爲「韻類」，這種配置關係是相當特殊的。而吳氏的「聲」、「音」究竟各有何所指呢？首先，筆者先將《紀元》裡提到「音」、「聲」的資料加以羅列分別。

一、何謂「音」

　　在〈音元論〉裡，開門見山地對於「音元」觀念作一說明：

> 何謂「音元」？音元者，天之氣也。天有六氣，而氣有盈虛；有八風，而風各有初中末，其或開或闔，一元之內莫不中音合律；於律之中，紀之以喉舌牙齒唇，分爲宮商角徵羽，而加之以流變，則其音之元似矣。（《卷之一·音元論》頁2》）

書中又文分爲二十四段落，依節氣逐次說明，如：

> 如立春，其氣在艮，乃條風之中候，其氣溫寒，氣猶鬱而未散，雖出而由未遂，故其音元有類於「涓卷睠決」，蓋卷而未舒之音也，爲盈。（《卷之一·音元論》頁2）

而其間對應關係，以下藉表格圖示說明：

節氣	1	2	3	4	5	6	7	8	9	10	11	12	13	14	15	16	17	18	19	20	21	22	23	24
相類韻目	涓卷睠決	交絞叫覺	云允運聿	熙喜戲汽	因引印乙	開凱愾客	陽養漾藥	牙雅迓軋	光廣桄郭	呵火貨欲	空孔控酷	華瓦化豁	庚耿更革	些寫卸節	嘽坦歎撻	咽史四式	堅蹇見結	收守狩宿	陰飲蔭邑	吹水位國	緘減鑑甲	呼虎嘑忽	含頷撼合	呴許煦旭

　　如此看來，〈音元論〉裡，「音」與「氣」、各具初中末的「八風」、「二十四節氣」等觀念相附，並進而與「律」、「五音」觀念相配。這裡所透露出的信息，可知吳氏以爲的「音元」有兩種意指：一是與「天」、「氣」、「風」比附，以「涓卷睠決」、「交絞叫覺」、「云允運役」等爲例的觀念，可知此處的「音」是指韻部；二是指「音」進而與「律」、「五音」相配，以今日語音學角度來看，此乃

是指「由聲母與韻母結合而成的『音節』」。然而，在書中「音」所代表的符指以第一種觀念「韻部」居多。此外，「音」在書中也代表其他意義：

> 何謂「音」？宮商角徵羽是也（原注：即喉齒牙舌唇）。（《音聲紀元・敘》）

> 夫物有音聲氣味可攷而見，……分而別之，以正聲之平上去入，正音之宮商角徵羽。（《卷之一・聲元論・》頁10）

「音」的觀念，在吳氏這段文字裡所指的「聲母」，與上述部分所指的意涵並不相同；吳氏的「聲母」系統粗分爲「宮商角徵羽」五類，就發音部位來看，分別是指喉齒牙舌唇。綜上而論，可以總結出吳氏對於「音」的觀念一共可以分爲三種，分別是：（一）韻母（二）聲韻組成的音節（三）聲母。〔註28〕

二、何謂「聲」

吳氏論及「聲」的觀念，同樣在〈聲元論〉裡，首先爲「聲元」下一定義：

> 何謂「聲元」？聲者，地之氣也。地有十二支則有始正中，而平上去入具之，其或寒熱溫涼，則春水之平、夏火之清、秋金之輕、冬水之濁，而始正中之間，各有宮商角徵羽，外有卯酉之半商、半徵，辰戌之清商，丑未之流徵之六聲，凡六十六聲，而聲元備矣。（《音聲紀元・卷之一・聲元論》頁6）

吳氏於定義之後，則再依十二律呂之序，配以宮商角徵羽五音，並分別以字組表明讀音，如：

> 黃鍾一律合於壬子，乃濁之正聲也，其宮之元則類於和洪寒合，商之元則類於南音之呼從藏雜鑿，角之元則類於南音之呼共（原注：惟此一字轉皆有聲），徵之元則類於同彈特答，羽之元則類於蓬蟠白跋。（《音聲紀元・卷之一・聲元論》頁6））

又說：

> 大呂一律合於癸丑，乃濁之中聲也。其宮之元則類於北音之呼文無萬物，南音呼逢，商之元則類於北音之呼根茶寨宅，角之元則類於

〔註28〕吳繼仕書中雖然「音」代表三種觀念，然而，第二、三種觀念，除了本文所列出來的資料之外，均指第一種「韻母」觀念。

乾權極及，徵之元則類於成床直軸，羽之元則類於逢浮服伐，而流
徵之元則類於雷龍勒落，亥子丑三者皆水聲也，水性柔故卑濕而處
濁。（《音聲紀元・卷之一・聲元論》頁 6）

因此，吳氏依據各宮調及發音部位，共標示出六十六聲母，也將這些聲母以「助
紐字」表示，以爲訓練切字之用。〔註 29〕以下筆者從書中所列資料加以分類，
並且製成表格呈現：

〔註30〕		黃鍾	大呂	大簇	夾鍾	姑洗	仲呂	蕤賓	林鍾	夷則	南呂	無射	應鍾
宮	聲母	和	文	黃〔註31〕	容	玄	溫	恩	因	轟	亨	興	王
	助紐例字	和洪寒合	文無萬物逢	黃桓胡滑王	容陽聿月	玄雄硏點	烏溫沃握	翁安屋遏	因邑一益	讙荒黑壑	亨蒿黑壑	興香旭歇	王完回
商	聲母	從	根	餳	隨〔註32〕	生	精	尊	之	清	琤	初	全
	助紐例字	從藏雜鑿	根茶寨宅	餳涎席灄	隨曾頌續	生山色煞	精將即爵	宗臧則作	榛之隻匝	清千七切	聰蒼淬錯	撐初測察	全清夕絕
角	聲母	共	乾	吾〔註33〕	昂	迎	光	根	斤	坤	鏗	輕	葵
	助紐例字	共	乾權極及	吾頑偽兀王	昂敖額咢	迎硏逆業	圭光國刮	公剛格閣	讙荒忽豁	坤寬窟闊	空康客磕	穹輕曲卻	揆狂簀●
徵	聲母	同	成	寧	能	人	丁	敦	知	天	通	稱	庭
	助紐例字	同彈特達	成床直軸	寧年瞑涅	能農諾訥	人然石日	丁顚嫡跌	東當德怛	清千七切	天梯惕鐵	通湯忒撻	稱昌尺綽	田亭地迭

〔註 29〕李葆嘉（1998：58）：「助紐字既是爲切字所用，其意圖並不是歸納聲類並爲之標
目，因此不能等同於字母系統。」況且吳氏的助紐字內含南北方言，因此，筆者
以爲在討論聲母系統時，我們並不將助紐字列入聲母分合的考慮因素。

〔註 30〕表格中「助紐例字」的同一橫行，皆爲吳繼仕在書中所羅列的資料，其中有以「北
音」、「南音」讀之者，亦有未註明語音依據者。
「未註明語音依據者」以「細明體，如『吳』」標示，「北音」以「新細明體下加橫
線，如『吳』」標示；「南音」以「斜體加上粗體，如：『吳』」表示。

〔註 31〕南方將「黃」讀作「王」，這代表喻匣二母同音。

〔註 32〕吳氏並未說明此音系，然而，隨曾同音顯示在這個語言裡頭精邪母的字是相同的

〔註 33〕北方將「吾」讀作「王」，這代表當時疑爲不分。

	聲母	蓬	逢	明	萌	微	冰	賁	分	披	丕	非	平
羽	助紐例字	蓬蟠白蹳	逢浮服伐	明綿謐密	萌芒賣末	微晚味襪文	冰邊壁別	邦賁百八	分方福法	篇披匹撇	丕滂泊潑	非斐○沸分	平便關別
流徵	聲母	雷							靈				
	助紐例字	雷隆勒落							良力略				
清商	聲母					嵩						星	
	助紐例字					嵩山速簆						星相息削	
半徵羽	聲母										聲		
	助紐例字										聲收束鑠		
半商徵	聲母			神									
	助紐例字			神常署蜀									

在〈聲元論〉部分，吳氏將「聲」與十二律相配，再根據「助紐字」與六十六聲的對應，推論書中的「聲」多是指「聲母」是毫無疑問的。另外，在資料裡，「聲」在少數之處另有別指：

> 何謂「聲」？平上去入是也。(《音聲紀元・敍》)

> 夫物有音聲氣味可致而見，……分而別之，以正聲之平上去入，正音之宮商角徵羽。(《卷之一・聲元論》頁10)

這與「音」在書中所指偶有別意的情形相同，然實屬少數。此處的「聲」乃是指「聲調」，可分爲平上去入。由此可知，吳氏所指的「聲」有兩種情形：(一)聲母；(二)聲調。

貳 五音

宮商角徵羽並稱爲五音，原本是古代的音樂術語，後來卻用以表示語音現象。歷代音韻學家將其使用在不同的對象上，有用以指聲調的，或稱「五聲」，如清・李汝珍《音鑒・卷一》云：「敢問五聲何謂也？對曰：五聲者，陰陽上去入也。」以今日語音學觀點來看，李氏也就是將「宮商角徵羽」和「陰平、陽平、上聲、去聲、入聲」相配。另外，也有聲韻學家是將其用來表示介音，如趙紹箕《拙菴韻悟》裡，分別將「宮商角徵羽」和「合口呼、開口呼、脣唇呼、

齊齒交牙呼、撮脣呼」相配。吳氏乃是將五音觀念用於說解聲母系統，並分別
將之與喉、牙、舌、齒、脣等發音部位整齊相配。在明清之際，以五音與聲母
相配的觀念是相當普遍的，而且等韻學家們所指的五種發音部位各有所不同。
吳氏云：

> 宮音從丹田而起，商音從喉項而出，角音在口舌間，徵音從齒牙而
> 出，羽音脣吻端。五音之序，由中達外，前後不紊。而鄭樵《七音
> 略》以羽徵角商宮爲序，等韻以角徵羽商宮爲序。今從者以宮商角
> 徵羽爲序。(《音聲紀元·卷之一》頁 16)

除此之外，吳氏對於「七音」也有所說明：

> 七均、七始者何？宮商角徵羽五音也。曰「七均」者，有變宮變徵
> 是爲七也。……正聲五、變聲二，每律用七聲爲均，相和以均調，
> 故曰七均七聲，迭聲迭用，以終始一調，故曰「七始」。(《音聲紀元·
> 卷之一》頁 15～16)

將「七音」以「七均」、「七始」稱之，並說明五音與七音的差別在於「變宮」、
「變商」。因此可以知道，吳繼仕所謂的「五音」是指「發音的部位」而言。對
於五音與發音部位之間的配合關係，一直是眾說紛紜，在明清諸家著作裡更無
定則，在古人以爲語音與音樂具有密切關係的前提下，除了比附之外，五音排
列順序問題亦引發吳氏的思考，並以爲此議題應有定論。他更進一步地在書中
將《音聲紀元》相關論述，與其他韻學著作比較，企圖辨明是非。依照吳氏的
說法，試將各家配置關係表示如下：

	宮	商	角	徵	羽
《音聲紀元》	喉	齒	牙	舌	脣
《四聲等子》	脣	齒	牙	舌	喉
《玉篇》	脣	齒	牙	舌	喉
《古今韻會舉要》	脣	齒	牙	舌	喉
《皇極經世書》	喉	齒	牙	舌	脣
《經世鈴》	喉	齒	牙	舌	脣
《樂典》	喉	齒	牙	舌	脣

關於五音與發音部位的配置，其實仍有相當多的說法，[註34] 在這裡僅只提出了兩種截然不同的相配關係，而這七家一致將齒音配商音、牙音配角音。其中，吳氏以「喉、齒、牙、舌、唇」之序爲是，其云：

> 喉齒牙舌唇五音論者，謂唇屬宮、齒屬商、牙屬角、舌屬徵、喉屬羽；《皇極經世書》以腎生口，腎屬水主羽；醫書曰：「舌根心，心屬火，火主徵」。祝泌《經世鈐》曰：「喉屬宮，齒屬商，牙屬角，舌屬徵，唇屬羽。」黃文裕《樂典》曰：「舌爲徵，齒爲商，唇爲羽，牙爲角，喉爲宮。」又曰：「春喉、夏齒、中央牙、秋舌、冬唇。而〈辨音訣〉曰：「欲知宮：舌居中，是喉音；欲知商：開口張，是齒音；欲知角：舌縮卻，是牙音；欲知徵：舌柱齒，是舌音；欲知羽：撮口深，是唇音。」諸說當以《經世鈐》、《樂典》、〈音訣〉爲是。

術語意涵的分歧複雜僅只是等韻學缺乏應有規範的反映，並不具備實質意義，因此，吾人只需瞭解吳氏五音分別所指爲何即可；然而，由於各家觀念不同，加上其中有五音、七音相配之殊異，因此，各自所指的內涵不同。

在〈後譜表〉裡，吳氏以傳統三十六聲母表示展現音位，將三十六聲母以五音的觀念分置；而事實上，他個人的聲母系統是細分爲六十六個，在〈前譜表〉裡，首先以五音與十二宮調相配，分述六十聲母，另外加上「流徵、清商、半徵羽、半商徵」配合表示。

[註34] 耿振生（1992：31～32）將明清時期《青郊雜著》、《拙庵韻悟》、《本韻一得》等八種韻學著作裡的說法作一比較，列有喉齒顎舌唇、喉齒牙舌唇、喉舌牙齒唇三種說法，與吳氏所陳列者亦不完全相同，可見相關說法之眾多。

第三章 《音聲紀元》的編排及音論分析

《音聲紀元》全書凡例簡述

《音聲紀元》，凡六卷。依據版本不同內容亦有殊異，書前分別有詹國衡萬曆辛亥（三十九年，西元 1611 年）八月既望之二日序（熙春樓版）或焦竑同年冬序（重刊本），與吳氏萬曆辛亥八月上浣自敘。重刊本裡又另附有〈音聲紀元總圖〉，為其他版本所無。就各種版本進行觀察，書中內容皆同，首先簡要分述如下：

卷之一

為音論部分。包括有〈音元論〉、〈聲元論〉、〈論梵〉、〈述古〉等四篇專論，說明個人的等韻觀念及音韻理論。〈音元論〉、〈聲元論〉裡可見吳氏對「音聲」的看法，也將聲韻系統以文字描述；〈論梵〉提到梵音、反切相關論題；〈述古〉則說明韻學領域的研究成果，在其中論及《切韻》、《五音集韻》、《古今韻會舉要》等韻書，略加述評，並於文末稱揚邵雍、李文利之說。

卷之二

載有〈音聲紀元二十四氣音聲分韻前譜表〉：圖格前有圖說，〈前譜表〉共分為二十四圖，乃是以韻分圖，與二十四節氣相互對應，並填入音節代表字以表示音韻系統。

卷之三

為音論部分，專論〈律呂源流〉，除論述律呂沿革及相關理論之外，更闡明律呂相生與乾坤配爻之關係。

卷之四

為音論部分，專論〈審音〉，除了陳述審音之理與個人的音韻理論之外，並在文後迤錄《儀禮》傳中〈小雅〉詩譜。

卷之五

〈十二律音聲分韻開闔後譜表〉：前有文字說解圖表，〈後譜表〉比合十二律呂，並分開闔，共二十四圖。與〈前譜表〉相互補足闡發，以紀天地音聲之元。

卷之六

此卷收有〈十二律呂圖〉、〈十二律呂圖說〉〔註1〕、〈三分損益之圖〉、〈律呂配月候相生正變圖〉、〈隔八相生循環圖〉、及〈小雅〉、〈國風〉詩譜。這部分多為圖表，也就是將〈卷之三〉音論部分的文字敘述轉以圖格表示，因此二者可以相互參考。

第一節　圖格分析及音韻結構

萬曆年間，整個學術界的音韻研究風氣興盛，根據記載可知：當時音韻學家積極投入參與，也因此出現相當豐富的語料。〔註2〕然而，吳氏本為版刻家，與音韻領域似乎毫無關係，究竟是什麼原因及契機讓他進而從事韻學研究呢？雖然吳氏名不見經傳，卻在《音聲紀元·敘》裡透露個人創作旨趣之所在：

> 夫音聲之學，萬世同原。古今雖殊，音聲不異；四方各域，氣元不
> 殊。然宇宙間一氣耳，氣一出則有音焉、有聲焉，音聲既具，文義
> 斯存，譜之以氣，律呂具矣。非牽合附會者也，蓋天地自然之元而

〔註1〕由於吳氏並未在〈卷之六〉部分記載標目，為求行文方便，筆者暫稱〈十二律呂圖〉、〈十二律呂圖說〉。

〔註2〕在李新魁（1983）、耿振生（1992）、李新魁與麥耘（1993）的文章裡，介紹數百部古代韻學著作，尤以萬曆年間最為豐富。如《併音連聲字學集要》、《韻學大成》、《字學元元》、《韻法直圖》、《韻法橫圖》、《泰律》、《等韻圖經》、《交泰韻》等皆為當時著作。

音之與聲、氣之與律呂會耳。何謂「音」？宮商角徵羽是也（原注：
即喉齒牙舌唇）；何謂「聲」？平上去入是也；何謂律呂？即以音聲
叶黃鍾是也，而其實非強爲律呂，強爲音聲之謂也。細而入於毫芒，
而莫窺其體用；分而合於象數，而莫窮于神化。古先賢哲以造曆明
時，以宣風作樂，淵乎微矣。（《音聲紀元·敘》）

又說：

天地有陰陽、有風氣、有時令、有溫熱涼寒，則聲有平上去入，音
有宮商角徵羽，而八風二十四氣，其序不可紊也。故以二十四氣，
其序不可紊也。故以二十四氣爲二十四韻之音，而以五音不同之聲，
加之以律呂，使以律呂統音，以音會聲，以音聲排之於六律六呂之
間，以八風合於二十四氣之內，使眾律可攝八風，一風可貫眾律，
一律布五音，一音通四聲；復於風氣、律呂各爲縱橫交錯圖，一因
天地自然之元，盡音聲一定之數；又以半齒半舌與清商流徵依閏而
別列之，則元音元聲備矣。（《音聲紀元·敘》）

這兩段話清楚地說明吳氏紀元之法，實爲其製作韻圖的理論陳述部分，也是他
用以分音定聲的綱領。

　　《音聲紀元》是同時具備音論及圖表的音韻著作，也就是說吳氏企圖藉由
「論」與「表」的相互配合，以陳述個人音韻理念，這種形式在明清韻學著作
是相當普遍的，本節先就書中圖格部分進行說明。書裡將聲、韻、調之間的關
係，列爲兩種圖來表示：分別爲〈音聲紀元二十四氣音聲分韻前譜表〉以及〈音
聲紀元十二律音聲分韻開闔後譜表〉，以下分述之：

壹　〈音聲紀元二十四氣音聲分韻前譜表〉分析

一、圖格體制簡述

　　要探討吳繼仕書中的音韻架構，〈前譜表〉可算是最具代表性的。此說原因
爲何呢？由於《紀元》全書貫穿以「聲氣同源」思想，在《卷之一·音元論》
即開宗明義地說：「夫天地之聲原統一元，故有六氣焉、八風焉、十二支焉、二
十四候焉。春夏秋冬因之矣，宮商角徵羽因之矣，平上去入因之矣。」由於迷
信於附會的思維定勢所影響，因此，吳氏在描寫音理系統時，也將節氣、干支、
八風、盈虛等觀念加以交融、說解；並以劉淵「音」分二十四、李文利「聲」

依五音分大類的觀念製作韻圖,在《卷之四》頁16提到:「今從平水劉韻分屬二十四氣,從莆出李書分為五音譜而為圖,以元寒屬立春。」以下茲舉二十四組描述之「涓卷眷決」、「交絞叫覺」為例:

> 如立春,其氣在艮,乃條風之中候,其氣溫寒,氣猶鬱而未散,雖出而由未遂,故其音元有類於「涓卷眷決」,蓋卷而未舒之音,為盈。《卷之一·音元論》)

> 如雨水,其氣在寅,乃條風之末候,其令漸開啓而未泄,故音韻有類於「交絞叫覺」,蓋開而猶有合也,為虛。(《卷之一·音元論》)

從這兩段文字可以瞭解〈前譜表〉觀念及內容之大要。至於〈前譜表〉的形制及編排理據,首先迤錄其〈凡例〉再予說明:

> 一,首一格是節氣風氣;曰涓、卷、眷、決者,即風氣叶得之音聲,而所分得韻亦風氣所叶而來者。

> 一,格傍,曰律呂,曰和清輕濁,曰子水丑土者,乃春夏秋冬之序,而音聲之屬,皆因起算也。

> 一,每格橫行五,即橫排宮商角徵羽,直格四,即直分平上去入。其○有聲無字,其●有音無字。

> 一,末曰某韻通某者,即古韻通用者;曰仄聲入某者,即平上去入之韻也。

> 一,宮商角徵羽五音,準國朝李文利說,故依排之。

> 一,二十四氣表:每表五音;二十四表,六十音;因而六之,有三百六十音,以當一歲之數;又五其二十四,為一百二十調;參而三之,得七百二十韻以當晝夜之數。

由〈凡例〉的文字敘述可以看出〈前譜表〉之組合情形:乃是依韻分圖,共計二十四圖,以二十四節氣分韻並相互對應。[註3] 每圖縱分四欄,橫分四行,首

〔註3〕 至於吳氏為何以二十四為韻數?《卷之一》頁11提到:「《等子》二十四排失之略,七略四十二排,唐宋六十餘韻並失之煩,且三家書多就俗,強作詳略皆過。今《紀元》于音分字,字具者具之,音洇則分,字闕則空,亦分作二十四排。分二百八十八,則閒幹二十四(十一),則以像四時,以屬心卦,用十二以攝之,攝取一字

尾兩格註明節氣韻目，末欄二、三格合用標示「六聲」（流徵：雷、靈；清商：嵩、星；半徵羽：神；半商徵：聲）；每一圖表以聲、韻、調相配表示，則共可填入二百六十個音韻地位，首先分別排列十二律，每律之中按照五音同行五母爲一組（依照宮商角徵羽之順序），如「黃鍾」列「和從共同蓬」、「大呂」列「文根乾成逢」等，共分六十聲；除橫列聲母之外，又縱分平上去入四個聲調，並在其中填入音節代表字。吳氏製作此表，以六十六聲、二十四韻、四個聲調相配，深切地以爲此表能紀錄天地音聲之元，以○代表有聲無字（聲指聲類，音指韻類），以●有音無字者，以補足其中罅漏。至於聲母安排方面，吳氏也嘗試在書中對其中比附之理，做出更進一步的描述：

> 紀元二十四氣分韻圖，如立春一圖是艮寅，而艮寅中即各有十二律也。一律即各有平上去入，各有宮商角徵羽也。其如立春，圖中小格黃鍾所領，各具宮商，而宮商中各具平上去入也。而末之流變半者，亦本韻中之餘聲耳。凡上去入韻即平韻中一氣貫攝，非有他也。（《音聲紀元・卷之一・聲元論》）

又說：

> 地有十二支則有始正中，而平上去入具之。其或寒熱溫涼，則春水之平，夏火之清，秋金之輕，冬水之濁。而始正中間，各有宮商角徵羽，外有卯酉之半商、半徵，辰戌之清商，丑未之流徵之六聲，凡六十六聲而聲元備矣！（原注：半商半徵即半齒半舌）（《音聲紀元・卷之一・聲元論》）

二、聲母的設立及排列

首先，就聲母部分進行探討。吳氏對於〈前譜表〉聲母的排列方式乃是先依宮調區分，再各以發音部位爲序。由於這套聲母系統多達六十六個，本來在架構之際就較爲困難。對於繁複的聲母系統，音韻學家們是怎麼排列呢？從邵雍的一百五十二音之後，有許多學者都受其影響，如祝泌、潘耒皆有複雜的一套聲母系統，然而，就祝泌來說，則將之分爲十二音圖，次分開發收閉；潘耒是將其五十母依照五音及清濁條件分列。〔註4〕與這些方式相比之下，吳氏的音

領之，以五千七百六十爲庶聲，以五百七十六爲餘聲，而爲二十四氣之譜。」

〔註4〕關於祝泌及潘耒的說法，可分別參見陳梅香（1993：78），李岳儒（2000：23，28）。

韻地位呈現方式就顯得較爲平面且凌亂。而吳氏六十六聲與傳統三十六字母並不相同，其內容究竟爲何呢？茲先詳細羅列二者聲目，並將之間對應關係表列於下，再予說明：

《音聲紀元‧前譜表》聲目

律呂＼發音部位	喉 宮	齒 商	牙 角	舌 徵	唇 羽	流徵	清商	半徵羽	半商徵
黃鍾	和	從	共	同	蓬				
大呂	文	根	乾	成	逢	雷			
太簇	黃	餳	吾	寧	明				
夾鍾	容	隨	昂	能	萌			神	
姑洗	玄	生	迎	人	微		嵩		
仲呂	溫	精	光	丁	冰				
蕤賓	恩	尊	根	敦	賁				
林鍾	因	之	斤	知	分	靈			
夷則	轟	清	坤	天	披				
南呂	亨	琤	鏗	通	丕				聲
無射	興	初	輕	稱	非		星		
應鍾	王	全	葵	庭	平				

傳統三十六聲目〔註5〕

	喉	齒	牙	舌	唇	半舌	半齒
聲目	曉 匣 影 喻	精 照 清 穿 從 床 心 審 邪 禪	見 溪 群 疑	端 知 透 徹 定 澄 泥 孃	幫 非 滂 敷 並 奉 明 微	來	日

從上面這兩個圖表進行觀察，可以發現：吳氏所安排的這個聲母系統，整整比傳統三十六字母多出三十個；所立的名目，除了「從精清初知明微非神」

〔註5〕 傳統三十六聲母之序，依照發音部位來看，《切韻指掌圖》、《改併五音集韻》、《四聲等子》、《切韻指南》爲「牙舌唇齒喉」；《七音略》、《韻鏡》作「唇舌牙齒喉」。在這裡爲了將聲目能作一清楚參照，所以在表格呈現過程裡，筆者將三十六聲母順序作一調動。

九母之外，與三十六字母均不相同。而這樣的形構卻與祝泌《皇極經世解起數訣》一百五十二音（聲母）有些相似、且較為簡單。筆者之所以將二者作一聯繫並不是憑空而論，其實，二者之間的相似是由於吳氏堅信邵雍天聲地音的理論，有意識地學習邵氏說法，並加以改良，省其繁複使然。從表格來看，六十六聲與韻、調相配，每一個空位代表一個音節，各個聲母看似絕然劃分不紊，而究竟吳氏以為的天地音聲實際上是否真有那麼多？那就得在本文第四章再進行討論了。

三、韻母的排列

而〈前譜表〉對於韻母的歸類，乃是根據二十四節氣之序進行排列，並分別與卦次、節氣、風氣相互對應，於各個圖表末端說明含括的韻目內容及韻目關係（作者以「通」字說明兩韻之間「古韻相通」關係；另有以「仄聲入韻」說明韻目相配關係者，乃是由於作者以陰陽入相配觀念，將陰聲韻、陽聲韻、入聲韻作一配置）。茲將二十四圖裡內部的對應關係製表說明如下：

圖次（卦次）	節　　氣	風　　氣	首格韻目	末格韻目	仄聲入韻
艮一	立春	條風中	涓卷眷決	元寒通山先	痕刪
寅二	雨水	條風末	交絞叫覺	豪蕭殽	江光
甲三	驚蟄	明庶風初	云允運聿	元文通真	呴魚
卯四	春分	明庶風中	熙喜戲汽	齊微通啊吹	因真文
乙五	清明	明庶風末	因引印乙	真文通元	熙微
辰六	穀雨	清明風初	開凱愷客	皆通牙佳	庚青蒸
巽七	立夏	清明風中	陽養漾藥	陽通江	交蕭
巳八	小滿	清明風末	牙雅迓軋	佳通皆	咸
丙九	芒種	景風初	光廣桄郭	江通陽	華麻
午十	夏至	景風中	呵火貨欲	歌	含
丁十一	小暑	景風末	空孔控酷	東冬	呼模
未十二	大暑	涼風初	華瓦化豁	麻通些車	嘽山
坤十三	立秋	涼風中	庚耿更革	庚青蒸	吹灰
申十四	處暑	涼風末	些寫卸節	遮通麻	先
庚十五	白露	閶闔風初	嘽坦歎撻	山通先元	牙佳
酉十六	秋分	閶闔風中	啊史四式	支通熙吹	庚青蒸
辛十七	寒露	閶闔風末	堅蹇見結	先通山元	寫車

戌十八	霜降	不周風初	收守狩宿	尤	東空
乾十九	立冬	不周風中	陰飲蔭邑	侵	熙微
亥廿	小雪	不周風末	吹水位國	灰通熙咍	庚清蒸
壬廿一	大雪	廣莫風初	緘減鑑甲	咸通覃	牙佳
子廿二	冬至	廣莫風中	呼虎嚛忽	模通呴魚	眞文
癸廿三	小寒	廣莫風末	含頷撼合	覃通咸	呵歌
丑廿四	大寒	條風初	呴許煦旭	魚虞通呼模	東空

所謂的「首格韻目」乃是利用「四聲相承」的轉聲法〔註96〕將韻目作一聯繫，以「涓卷眷決」為例，「涓卷眷」分別為平上去聲，其間的關係是主要元音與韻尾相同，第四字「決」為入聲字，與平上去聲字相較，則主要元音相同、韻尾相配。「末格韻目」是將依據韻書材料（本文推測為《五音集韻》）的韻目排置作一說明，如圖一裡頭有元、寒、山、先等韻，並以「通」字說明之間古音相轉的音韻關係。

貳 〈音聲紀元十二律音聲分韻開闔後譜表〉分析

在《樂記‧師乙》就提到：「故歌之為言也，長言之也。說之故言之，言之不足故長言之，長言之不足故嗟嘆之，嗟嘆之不足故不知手之足之舞之蹈之也。」〔註7〕這樣的信念深植於中國文人的心中，不但用以說明詩樂舞之間的密切關係；早在五音之家〔註8〕時，學者即將音樂術語漸用於聲韻學領域裡。吳繼仕也基於這種理念，認為語言與音樂之間的關係相密合，故援用說解音理，以律呂作為韻圖分韻的依據，因此製作出〈音聲紀元十二律音聲分韻開闔後譜表〉。話雖如此，一般的音韻學家在著作之際，最常使用的是韻書與韻圖的相配說明，在吳書中並未有韻書部分，反而有兩個韻圖體制的著作；筆者不禁覺得好奇，吳氏既然已經創作了〈音聲紀元二十四氣音聲分韻前譜表〉，藉此表示其音韻結構，又為何再作〈後譜表〉呢？而二者之間又有什麼關係呢？吳氏在書中也作

〔註96〕《音聲紀元‧卷之一》頁14裡，吳氏稱四聲相承連讀為「轉聲」，他說：「轉者如董正之董，亦為督察之督者，東董凍督故也。」

〔註7〕見《禮記》頁702。

〔註8〕自先秦以來，古人以五音宮商角徵羽與人名相配；漢代之際，則進而以音律協名姓，吹律以定姓審字調音，以為口有張歙，聲有內外以定五音宮商之實。此乃律呂與語言結合的另一形式。

了詳細說明：

> 茲復爲〈十二律開闔表〉者何？蓋造化之理，縱橫不齊，故圖亦參
> 互交錯，上下反對，猶陰陽動靜之互相爲根。譬如一磨，必兩齒上
> 下不齊，然後乃能碎物。若上下均齊，則不成造化矣。但〈前譜〉
> 無重出，而〈後譜〉則間有重複，雖各自爲調而其實一也。（《音聲
> 紀元・卷之五・後譜表》）

從結構及吳氏上述這段話進行觀察，可以知道二者其間的關係，在於〈前譜表〉
乃是以「節氣」爲類分標準，故分爲二十四表；〈後譜表〉是以「律呂」爲類分
標準，依十二律，列爲律呂開闔二十四圖。以爲前後譜表可參互交錯，上下對
反，而相互發明，並以此記天地音聲之元。在〈後譜表〉前，吳氏著有一段〈凡
例〉用以說明圖表體制，因此，筆者先將其中相關文字迆錄於下，再進行說明：
（由於吳氏的相關附會觀念已於前文說明，故此處將剔除不錄）

> 一，譜橫列四扇者分輕重也。用小字於邊傍別之，直列五排者分五
> 　　音也，用小字於頂上中記之，每格直四者分四聲也。

> 一，每開闔中，其韻中有字者紀之，無字者空之，異聲同音者，雙
> 　　行書之；同聲同音而字異者，不重書出。

> 一，音聲有開闔不同，故每律各爲開闔圖表之，俾人易知開闔呼唱。

> 一，直列上陽文，宮字直下四格皆宮；陽文商字直下四格皆商，角
> 　　徵羽皆然。

> 一，譜中○者全清，⊙者次清，◖者清濁半，●者全濁，◐者次濁。
> 　　其所列皆五格直下，而宮商五音平上四聲皆同攝。

> 一，韻有四聲，或有平上去而無入聲者，借入韻以諧之，蓋極其至
> 　　耳。

> 一，上去入韻，雖似不同，實平聲一氣貫召。

> 一，陽文宮商角徵羽字之下，又藏有五音。全清者係宮，次清者係
> 　　商，清濁半者係角，次濁者係徵，最濁者係羽。

> 一，開闔表每表有五調，其行皆五，合五五二十五，數二十四表爲
> 　　一百二十調也。

　　〈後譜表〉各圖均依十二律排列，分別與月法、星辰等觀念相配，並以開闔二類總爲二十四圖。每一圖最頂端一行註明律呂、韻名、月法、星辰、風名，下頭分別以圓圈表示聲母之清濁：以○爲全清、◉爲次清、◖爲半清半濁、●爲全濁、◐爲次濁。圖格裡先分爲五音，按照聲類排列，分別代表三十六字母，和一般韻圖體制相同。至於其五音的形式與所列三十六字母關係爲何？筆者利用表格呈現如下：〔註9〕

五音	宮	商	角	徵	羽
圖示	○◉◖●◐	○◉◖●◐	○◉◖●◐	○◉◖●◐	○◉◖●◐
36字母	見溪◖疑群	端透◖泥定 知徹◖孃澄	幫滂◖明並 非敷◖微奉	精清從心邪 照穿床審禪	影曉匣喻來 日

這樣的形制與梵音字母比聲二十五字母相似，〔註10〕即使在宮、商、角三部分各自以五種符號對應中古四種聲目時，亦設立◖空位，以求結構之完整性。此外，在〈後譜表〉裡，每圖以「四扇」（四欄）分別輕重，在邊旁各自註明「重之重、輕之重、輕之輕、重之輕」字樣，與「一、二、三、四等」相互對應；〔註11〕由此可知，吳氏的輕重是用以區別等第，與宋元韻圖所指不同；而且若以黃季剛正變韻的角度、從韻圖現象來看，在圖中以「重之重」爲一

〔註9〕見趙蔭棠（1985：177）。

〔註10〕《玉篇》後附有《五聲音論》，與神珙所作《四聲五音九弄反紐圖》合爲一處，其中將二十五字母分爲五類，錄出如下：

東方喉音：何我剛鄂歌可康各；西方舌音：丁的定泥寧亭聽廳；

南方齒音：詩失之食止示勝識；北方唇音：幫彪剝電北墨朋邈；

中央牙音：更硬牙格行幸亨客。

〔註11〕《七音略》裡有「輕重」觀念，於四十三轉圖末有「重中重」、「輕中輕」、「重中輕」、「輕中重」標註者，乃是與《韻鏡》「開合」相當，凡「重中重」、「重中輕」者爲開，「輕中輕」、「輕中重」爲合。〈後譜表〉體制雖與宋元韻圖相近，而輕重所指卻有所不同。然而，李葆嘉（1998：70）在說明「等韻」觀念時提到：「『等韻』二字，宋時雖未連用爲專門術語，但用於分析音韻『等』的觀念及這一術語的運用，在唐代已經出現。《文鏡秘府論‧調聲》引王昌齡《詩格》，王氏用『輕』、『重』、『輕中重』、『重中輕』分析音韻，已萌發『等』的概念。」此處王昌齡的「輕重」雖指「等」，卻與「清濁」意義相同，因此可知吳氏以「輕重」分別「等」的觀念，可能是源自唐代而再略作修改而成。

等正韻、「重之輕」爲四等正韻,「輕之重」爲二等變韻,「輕之輕」爲三等變韻,如此推論,則第一個「重」字表示「正韻」、「輕」字代表「變韻」,第二個「重」字代表「洪音」、「輕」字代表「細音」。在韻圖內,每「一扇」裡又分列平上去入四排,再依據聲母縱橫相對,於其中填入歸字代表音節,或有空圈則表示無字。

李新魁(1983:237)對《紀元‧後譜表》體制進行討論後提到:「列字與宋元的韻圖相近。……全表分二十四圖,有如《切韻指南》。……儼然是一守舊復古的韻圖。」李氏從韻圖的體制與列字來判斷《音聲紀元》的性質,提出二者在形制上的相似性。

既然已知《紀元》、《指南》在體制上相承的密切關係,茲比較相關韻圖之間異同,並列表如下:

等韻名稱	圖、轉、攝	字母排列	入聲分配	喉音次序	四聲排列
《四聲等子》	十六攝分布二十圖	始見終日分二十三行	陰陽兩配	綱目作影曉匣喻圖內作曉匣影喻	共居一格
《切韻指南》	十六攝分布二十四圖	始見終日分二十三行	陰陽兩配	曉匣影喻	共居一格
《音聲紀元‧後譜表》	二十四圖	始見終日分二十五行	陰陽兩配	影曉匣喻	共居一格

首先,要說明的是〈後譜表〉的喉音次序是「影曉匣喻」,與《切韻指南》不同,然而,《七音略》、《切韻指掌圖》均作「影曉匣喻」,且《四聲等子》於喉音排列及名目不同,因此,〈後譜表〉對喉音的安排應是與《七音略》等相近。其次,〈後譜表〉的韻部共分圖爲二十四,與〈前譜表〉、《切韻指南》看似名目相同,實質不同:〈前譜表〉以「韻」的觀念,將《五音集韻》平上去入韻以「數韻同入」觀念,類分二十四,然而,不論是在韻目名稱、次序均不相同。《切韻指南》以「攝」的概念統理「韻」,將十六攝依其開合分布於二十四圖;〈後譜表〉雖亦以「攝」的觀念排圖,並依開合分二十四圖,其中絕大多數沿襲《切韻指南》的安排,然而在圖次順序及開合的處理有所差異,更導致類分二十四的實質有別。以下先將《後譜表》圖格中相關資料及韻目之間的對應關係羅列於下:

〈後譜表〉

律呂	月	辰	星	宿	次	候	卦爻	韻部	通叶
黃鍾	十一	子	虛	須女	星紀	冬至	乾之初九	陽	江
大呂	十二	丑	牽牛	斗	玄枵	大寒	坤之六四	歌	麻
太簇	一	寅	箕	尾	娵訾	雨水	乾之九二	灰皆	支
夾鍾	二	卯	心	房	降婁	春分	坤之六五	麻	遮
姑洗	三	辰	氐	亢	大梁	清明	乾之九三	魚模	虞
仲呂	四	巳	軫	翼	實沈	小滿	坤之上六	東冬	
蕤賓	五	午	張	七星	鶉首	夏至	乾之九四	支	微齊灰轉咍佳
林鍾	六	未	柳	井	鶉火	大暑	坤之初六	眞侵	庚青蒸殷痕文元
夷則	七	申	觜	參	鶉尾	處暑	乾之九五	齊	支
南呂	八	酉	畢	昴	壽星	秋分	坤之六二	寒山先覃鹽	
無射	九	戌	胃	奎	大火	霜降	乾之上九	蕭肴尤	
應鍾	十	亥	壁	室危	析木	小雪	坤之六三	庚	眞庚青

《切韻指南》二十四圖

圖次	1	2	3	4	5	6	7	8	9	10	11	12	13	14	15	16	17	18	19	20	21	22	23	24
韻攝內容	通攝	江攝	止攝開口	止攝合口	遇攝	蟹攝開口	蟹攝合口	臻攝合口	臻攝開口	山攝開口	山攝合口	效攝	果假開口	果假合口	宕攝開口	宕攝合口	梗攝開口	梗攝合口	曾攝開口	曾攝合口	流攝	深攝	咸攝開口	咸攝合口

第二節　歸字的排列及依據

上文對於前後譜表的體制已經作一說明，然而，討論音系問題則由歸字下手，最基本的即便需要確定歸字的來源。就《音聲紀元》書裡來說，需要提出來討論的：即便是〈前譜表〉、〈後譜表〉兩部分了。以下分別說明之：

壹　〈音聲紀元二十四氣音聲分韻前譜表〉分析

在〈前譜表〉裡頭的歸字究竟是如何排列？而來源又爲何？〈前譜表〉以六十六聲母、二十四韻部爲類，李新魁（1993：483～484）則將之與《韻法直圖》韻目作一比較：

　　艮一（官涓）　　　　　寅二（高交）　　　　甲三（鈞）

　　卯四（基）　　　　　　乙五（根巾裩）　　　辰六（該乖）

巽七（江）　　　　己八（嘉）　　　　丙九（岡光）

午十（歌戈）　　　丁十一（公弓）　　未十二（挐瓜）

坤十三（庚京）　　申十四（迦）　　　庚十五（干關）

酉十六（貲）　　　辛十七（堅）　　　戊十八（鉤鳩）

乾十九（金簪）　　亥廿（規）　　　　壬廿一（監）

子廿二（姑）　　　癸廿三（兼甘）　　丑廿四（居）

從李氏比較的結果可以得知：其中部分韻類於《直圖》有而此書無，亦有《直圖》無而此書有者，然而，就筆者的比對之下，認爲二者除了皆爲安徽歙縣人所作之外，所反映的現象並不相同：〔註12〕

一、韻類有所出入。從李氏的比較結果即可發現二者雖同分二十四類然而在韻類系聯之後並不相同。

二、《直圖》入聲韻僅與陽聲韻相配，而前後譜表皆是將入聲韻與陰陽聲韻相配，即數韻同入。

三、《音聲紀元》仍以等分第，《直圖》改等爲呼。

由於《音聲紀元》中並沒有音切資料，因此，爲了對照出其中音韻演變規律，筆者先以代表中古音系的《廣韻》爲底本，發現二者之間相似卻不相同。例如有些字在《音聲紀元》有而《廣韻》未收，足見這些歸字皆爲後起增加字，例如：

攛（艮一・平聲・琤母）《五音集韻》作「七九切」。

趏（艮一・入聲・嵩母）《五音集韻》作「先活切」。

暾（甲三・平聲・通母）《五音集韻》作「他昆切」。

褪（甲三・去聲・通母）《五音集韻》作「他困切」。

穏（乙五・上聲・恩母）《五音集韻》作「安很切」。

硬（乙五・入聲・昂母）《五音集韻》作「毃紇切」。

或是《廣韻》雖有此字，然而就《廣韻》所載音切，則其音韻地位與《音聲紀元》不合，如：

暆（艮一・平聲・人母）《廣韻》作「而哀切」，則應置於上聲。《五音集韻》

〔註12〕文中所引《韻法直圖》的相關資料，乃是參考李新魁（1983：250～251）。

作「如延切」。

娆（寅二·平聲·寧母）《廣韻》作「奴鳥切」，則應置於上聲。《五音集韻》

作「裏聊切。」

　　既然〈前譜表〉必須依據音切資料塡字，從上述兩點不相合的情形來看，〈前譜表〉應是另有所承才是。在《經史正音切韻指南·自序》提到：「與韓氏《五音集韻》互爲體用，諸韻字音，皆由此韻而出也。」又根據姜忠姬（1987：248）認爲：「《切韻指南》所收三千九百二字考之，實無一不出於《五音集韻》，其歸字定位亦與韓氏《五音集韻》所注等第相符。」既知〈後譜表〉、《切韻指南》之密切及《五音集韻》、《切韻指南》的體用關係，筆者即以此爲基礎，暫時假設在《紀元》書中，〈前譜表〉與《五音集韻》的關係如同〈後譜表〉與《切韻指南》，兩兩輝映。在筆者陸續的對比之下，發現〈前譜表〉的小韻與《五音集韻》的紐首最爲吻合，而歸字的音韻地位也是最相近的，足見筆者假設之正確。首先以〈前譜表〉第一圖裡的平聲韻字爲例：

小韻	切語上字	切語下字	《五音集韻》所屬韻目	《五音集韻》所屬聲紐	《音聲紀元》所屬聲紐	等第	開合	總號
寒	胡	安	寒	匣	和	一	開	1101
欑〔註13〕	在	丸	桓	從	從	一	合	1102
團	度	官	桓	定	同	一	合	1104
蟠	薄	官	桓	並	蓬	一	合	1105
椽	直	攣	仙	澄	澄	三	合	1107
權	巨	員	仙	群	乾	三	合	1108
桓	胡	官	桓	匣	黃	一	合	1111
旋	似	宣	仙	邪	餳	四	合	1112
岏	五	丸	桓	疑	吾	一	合	1113
員	王	權	仙	喻三	容	三	合	1116
豻	俄	寒	寒	匣	昂	一	開	1118
渜	奴	官	桓	泥	能	一	合	1119
瞞	母	官	桓	明	萌	一	合	1120
玄	胡	涓	仙	匣	玄	四	合	1121

〔註13〕《音聲紀元》作「欑」，《廣韻》、《五音集韻》皆無此字，另有一「欑」字，《廣韻》作「在玩切」、「則旰切」，皆爲去聲韻，《五音集韻》作「在丸切」，與《紀元》置於音韻地位相符。

拴	此	緣	仙	清	生	四	合	1122
元	愚	袁	元	疑	迎	三	合	1123
瞡〔註14〕	如	延	仙	日	人	三	合	1124
剜	一	丸	桓	影	溫	一	合	1126
鐫	子	泉	仙	精	精	四	合	1127
官	古	丸	桓	見	光	一	合	1128
安	烏	寒	寒	影	恩	一	開	1131
鑽	借	官	桓	精	尊	一	合	1132
干	古	寒	寒	見	根	一	開	1133
端	多	官	桓	端	敦	一	合	1134
般	薄	官	桓	並	貢	一	合	1135
淵	烏	玄	仙	影	因	四	合	1136
跧	阻	頑	山	照二	之	二	合	1137
涓	古	玄	仙	見	斤	四	合	1138
歡	呼	官	桓	曉	轟	一	合	1141
詮	此	緣	仙	清	清	四	合	1142
寬	苦	官	桓	溪	坤	一	合	1143
攛	七	丸	桓	清	琤	一	合	1147
刊	苦	寒	寒	溪	鏗	一	開	1148
湍	他	端	桓	透	通	一	合	1149
潘	普	官	桓	滂	丕	一	合	1150
喧	況	袁	元	曉	興	三	合	1151
穿	昌	緣	仙	穿三	初	三	合	1152
棬	丘	圓	仙	溪	輕	三	合	1153
完	胡	丸	桓	匣	王	一	合	1156
全	疾	緣	仙	從	全	四	合	1157
巒	落	官	桓	來	雷	一	合	1161
攣	呂	員	仙	來	靈	三	合	1162
酸	素	官	桓	心	嵩	一	合	1163
宣	須	緣	仙	心	星	四	合	1164
船	食	川	仙	床三	神	三	合	1165

在艮一平聲韻裡頭，包括了「元寒桓山仙」韻，所列出的歸字均與《五音集韻》之音韻地位相合，除了「瞡」字，在《五音集韻》分別作上聲（呼

旱切）、去聲（呼旰切）二音，《廣韻》與《五音集韻》所反映情形相同，而
《音聲紀元》書中則改作平聲韻，這是其中唯一的不同。以下再舉寅二平聲
韻字爲證：

小韻	切語上字	切語下字	《五音集韻》所屬韻目	《五音集韻》所屬聲紐	《音聲紀元》所屬聲紐	等第	開合	總號
豪	胡	刀	豪	匣	和	一	開	2101
曹	昨	勞	豪	從	從	一	開	2102
陶	徒	刀	豪	定	同	一	開	2104
袍	薄	褒	豪	並	蓬	一	開	2105
巢	鉏	交	肴	匣	恨	二	開	2107
喬	昨	焦	宵	從	乾	三	開	2108
潮	直	遙	宵	澄	成	三	開	2109
嬈	裊	聊	宵	泥	寧	四	開	2114
苗	武	瀌	宵	明	明	三	開	2115
遙	餘	昭	宵	喻	容	三	開	2116
敖	五	勞	豪	疑	昂	一	開	2118
鐃	女	交	肴	娘	能	二	開	2119
茅	莫	交	肴	明	萌	二	開	2120
爻	胡	矛	肴	匣	玄	二	開	2121
梢	所	交	肴	審	生	二	開	2122
饒	如	昭	宵	日	人	三	開	2124
焦	即	消	宵	精	精	三	開	2127
凋	都	聊	宵	端	丁	四	開	2129
標	甫	昭	宵	幫	冰	三	開	2130
坳	於	交	肴	影	恩	二	開	2131
遭	作	曹	豪	精	尊	一	開	2132
高	古	勞	豪	見	根	一	開	2133
刀	都	勞	豪	端	敦	一	開	2134
包	布	交	肴	幫	賁	二	開	2135
夭	於	喬	宵	影	因	三	開	2136
嘲	陟	交	肴	知	之	二	開	2137
交	古	肴	肴	見	斤	二	開	2138
昭	止	遙	宵	照三	知	三	開	2139
鍫	七	遙	宵	清	清	三	開	2142
祧	吐	彫	宵	透	天	四	開	2144
飄	符	宵	宵	並	披	三	開	2145
蒿	呼	毛	豪	曉	亨	一	開	2146

操	七	刀	豪	清	琤	一	開	2147
尻	苦	刀	豪	溪	鏗	一	開	2148
慆	土	刀	豪	透	通	一	開	2149
拋	匹	交	肴	滂	丕	二	開	2150
囂	許	驕	宵	曉	興	三	開	2151
謙	楚	交	肴	穿二	初	二	開	2152
敲	口	交	肴	溪	輕	二	開	2153
超	敕	宵	宵	徹	稱	三	開	2154
樵	昨	焦	宵	從	全	三	開	2157
迢	徒	聊	宵	定	庭	四	開	2159
瓢	符	宵	宵	並	平	三	開	2160
勞	魯	刀	豪	來	雷	一	開	2161
僚	落	蕭	宵	來	靈	四	開	2162
騷	蘇	遭	豪	心	嵩	一	開	2163
蕭	蘇	彫	宵	心	星	四	開	2164
韶	市	昭	宵	禪三	神	三	開	2165
燒	式	招	宵	審三	聲	三	開	2166

在這個圖裡，包括有「宵肴豪」韻，其中，《廣韻》的蕭韻，在《五音集韻》裡併入宵韻。表中歸字所呈現的音韻地位皆與《五音集韻》相合，故不贅述亦可明其間關係。再舉一入聲韻爲例：

小韻	切語上字	切語下字	《五音集韻》所屬韻目	《五音集韻》所屬聲紐	《音聲紀元》所屬聲紐	等第	開合	總號
曷	胡	葛	曷	匣	和	一	開	1401
柮	藏	活	末	從	從	一	合	1402
奪	徒	活	末	定	同	一	合	1404
跋	普	活	末	滂	蓬	一	合	1405
掘	其	月	月	群	乾	三	合	1408
活	戶	括	末	匣	黃	一	合	1411
捋	寺	絕	薛	邪	餳	四	合	1412
枂	五	活	末	疑	吾	一	合	1413
悅	弋	雪	薛	喻	容	四	合	1416
末	莫	撥	末	明	萌	一	合	1420
穴	胡	決	薛	匣	玄	四	合	1421
說	失	爇	薛	審	生	三	合	1422
刖	五	刮	鎋	疑	迎	二	合	1423
爇	如	劣	薛	日	人	三	合	1424

斡	烏	括	末	影	溫	一	合	1426
蕝	子	悅	薛	精	精	三	合	1427
括	古	活	末	見	光	一	合	1428
遏	烏	葛	曷	影	恩	一	開	1431
繓	子	括	末	精	尊	一	合	1432
葛	古	達	曷	見	根	一切	開	1433
掇	丁	括	末	端	敦	一	合	1434
撥	北	末	末	幫	賁	一	合	1435
抉	於	決	薛	影	因	四	合	1436
拙	職	悅	薛	照三	之	三	合	1437
決	古	穴	薛	見	斤	四	合	1438
豁	呼	括	末	曉	轟	一	合	1441
絯	七	絕	薛	清	清	四	合	1442
闊	苦	括	末	溪	坤	一	合	1443
喝	許	葛	曷	曉	亨	一	開	1446
撮	倉	括	末	清	琤	一	合	1447
渴	苦	曷	曷	溪	鏗	一切	開	1448
脫	他、徒	活	末	透、定	通	一	合	1449
血	呼	決	薛	曉	興	四	合	1451
啜	昌	悅	薛	穿三	初	三	合	1452
闋	去	月	月	溪	輕	一	合	1453
絕	情	雪	薛	清	星	四	合	1457
捋	郎	括	末	來	雷	一	合	1461
劣	力	輟	薛	來	靈	三	合	1462
趏	先	活	末	心	嵩	一	合	1463
雪	相	絕	薛	心	星	四	合	1464

就艮一入聲韻裡，包括有「月曷末鎋薛」韻，分別與平聲「元寒桓山仙」韻相承，其中所舉歸字皆可見於《五音集韻》，歸字依其音切也與音韻地位相合。其實，對於〈前譜表〉與《五音集韻》之間的關係，筆者主張保守的說「二者關係密切」，卻不能說「〈前譜表〉是依據完全《五音集韻》，除了因為吳氏並未說明其所承，對於韓氏此書則評曰：「崇慶間韓道昇亦只本於胡僧，俱以字樣為憑。」同時在筆者的對照下，二者相同處雖居十之八九，其餘亦有些許不同者，例如：

烇（艮一‧上聲‧清母）《五音集韻》作「七絹切」，則應置於去聲。

跑（寅二‧上聲‧丞母）《五音集韻》作「薄交切」，則應置於平聲。

旛（乙五・上聲・蓬母）《五音集韻》無此字。

A（巳八・平聲・恩母）《五音集韻》無此字。〔註15〕

即使如此，根據上列資料來看，吾人亦不可否認二者關係之密切，在研究過程裡若以《五音集韻》爲基礎，非但有助於對〈前譜表〉的瞭解，也更能確切掌握其中音變大勢。既然如此，《五音集韻》是本什麼性質的韻書呢？此書成於金泰和八年（1208），爲韓氏三代共著之書，其中以韓道昭爲集大成者。〔註16〕全書歸字基本上根據《廣韻》參考《集韻》以及相關字書和前人的著作，將原有的 206 韻歸併爲 160 韻，隸屬於「通江止遇蟹臻山效果假宕梗曾流深咸」十六攝下。韻部內各小韻按三十六字母次序排列，小韻前分注一二三四等。同等小韻先列開口，次列合口。〔註17〕適當地照顧當時實際語音，加以修訂而編輯成書。據前人研究結果吾人可以得知此書在語言學的價值如下：〔註18〕

（一）改變傳統韻書的分韻

全書共分爲一百六十韻，與《廣韻》韻目相較，則知此書共刪併四十六韻。

〔註15〕筆者以爲此乃西歐字母，此外亦有「H」（巳八・平聲・亨母）、「T」（申十四・上聲・丁母）、「X」（酉十六・上聲・嵩母）皆屬同樣情形。筆者以爲這些符號的目的在於「加意紀聲」，在《音聲紀元・卷之一》頁 11 裡有一段文字説的很清楚：「音聲妙用不在文字，紀元紀聲不記字，排攝既定，無論有字空字，須挨次調和，而無字者亦當加意。」而這些文字所顯現的時代意義，應是西方傳教士在中國活動的文化反映。

〔註16〕甯忌浮在（1992：5）提到：「韓道昭及其《改併五音集韻》的出現不是偶然的。大約從十世紀起，漢語進入一個歷史時期，《切韻》系韻書與現實語言的距離越來越遠。語言的發展變化需要有新的韻書出世。……金代學者用等韻理論對《廣韻》、《集韻》作了精審分析，……皇統年間，荆璞最先用三十六字母重編《廣韻》、《集韻》二百零六韻的各小韻，完成《五音集韻》一書，……到了十三世紀初，韓道昭在荆氏基礎上重新編纂。」且姜忠姬（1987：3）認爲：「然由韓氏道昇（道昭之兄）序後『眞定府松水昌黎郡，韓孝彥次男韓道昭改併重編。男韓德恩，姪韓德惠，婿王德珪同詳定』一句，可知《五音集韻》並非韓氏道昭一人所編撰，而是韓氏三代所共撰，惟韓氏道昭獨居其名而已。」

〔註17〕見忌浮（1995：76）。

〔註18〕參見中國大百科全書出版社編（1994：335）。由於《音聲紀元》的材料源自於《五音集韻》，關於此書的音系，本文將在下文一併討論，此處暫不贅述。

這樣的歸併並非完全依照《廣韻》所載的同用例，這表示當時北方語音與《切韻》音系有很大不同。

（二）編排體制改變

以前韻書每韻中的小韻位置是任意的，此書每韻之中的小韻則是按照三十六字母始見終日的順序排列。

（三）將等韻學內容直接反映到韻書中

如果一韻之中有開合對立的小韻，則分開排列，最後還註明一、二、三、四等。以後的《韻略易通》、《五方元音》等書群起仿效。

由此可知，〈前譜表〉裡所依據的歸字乃是源自《五音集韻》，應是不需懷疑的。然而二者之間亦有所差異。在聲母部分，《音聲紀元·前譜表》分聲母共為六十六，《五音集韻》則採用傳統三十六聲母的分法。韻母部分，《五音集韻》承襲《廣韻》入聲韻配陰聲韻的關係，在《音聲紀元》裡，則改入聲韻兼配陰陽聲韻。這是二者在聲韻母安排上最顯著的差異，當然，其中對部分小韻的安排有不同的看法，筆者認為這是可以歸納出「從《五音集韻》到〈前譜表〉之間音韻的演變」。

貳 〈音聲紀元十二律音聲分韻開闔後譜表〉分析

第一節裡已說明〈後譜表〉與《經史正在音切韻指南》在形制上的相似，根據李新魁（1983：237）對《紀元·後譜表》體制進行說明後提到：「列字與宋元的韻圖相近。……全表分二十四圖，有如《切韻指南》。……儼然是一守舊復古的韻圖。」李氏從韻圖的體制與列字來判斷《音聲紀元》的性質，這句話不但指出二者之間形制的相似，也提供了另一比較的線索。在筆者對照過二書之後，發現〈後譜表〉與《切韻指南》所用歸字大多吻合，以下舉〈後譜表·魚模韻通虞〉與《指南·遇攝》例相比，即可見二者歸字之相合：

〈後譜表‧魚模韻通虞‧開口〉

《切韻指南·遇攝》

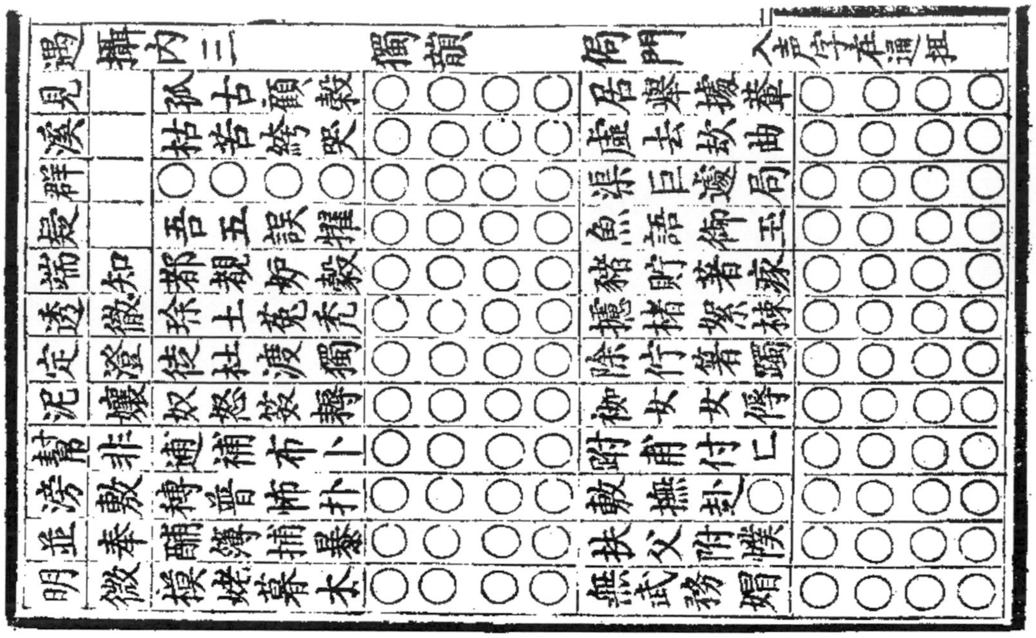

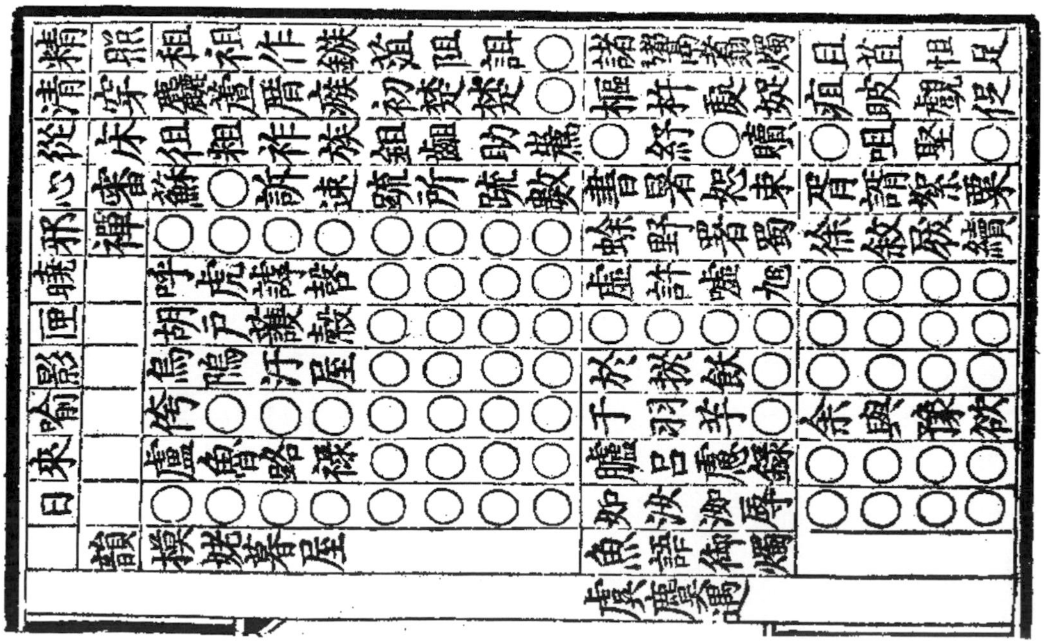

就〈後譜表〉一圖中，若完全有字共計 368 字，其中相合者有 349 字，僅

有 19 處不同，相合者比例高達 94.8%。此外，例如〈後譜表・陽韻通江〉與《切韻指南》江攝、宕攝開口二圖相比：

〈後譜表・陽韻通江・開口〉

《切韻指南》江攝開口

《切韻指南》宕攝開口

在〈後譜表〉裡，吳氏將《指南》原分二攝者合併爲一圖，以江攝置於二等，宕攝開口置於一三四等。其中的歸字或有更替，或有增減，然而，若有更替亦試以《五音集韻》韻字爲依據。首先就宕攝一等來說：

《指南》		《紀元》
岡（見母・平聲）	⟶	亢
恪（溪母・入聲）	⟶	憲
□（無字）（幫非母・平聲）	⟶	邦
髈（滂敷母・上聲）	⟶	□（無字）
茫（明微母・平聲）	⟶	邙
□（無字）（並奉母・平聲）	⟶	龐
□（無字）（並奉母・上聲）	⟶	掊
泊（並奉母・去聲）	⟶	簿
莽（明微母・去聲）	⟶	□（無字）
炕（曉母・平聲）	⟶	斻

以上所列十字是《指南》與〈後譜表〉二者在宕攝一等裡處理歸字之殊異，就〈後譜表〉此圖來看，共 368 個音韻地位，其中替換及增減字共 29 字，可知大部分仍相同，相合率仍達 92％。因此，筆者認爲〈後譜表〉與《切韻指南》的確有密不可分的關係，除體制相承之外，在歸字上，吳氏對於《指南》必多參考。因此筆者以爲李新魁論述二者關係雖爲先知灼見，宜作爲：〈後譜表〉在體制上的安排與劉鑑《經史正音切韻指南》相似，二者列字情形相似者過半，然而，其中體制、韻攝的歸屬、及歸字的處理多有改易，應是根據《指南》爲藍本加以進行改編而成的。而《紀元》守舊與否，則宜於音系確定後討論。

至於《切韻指南》內容究竟爲何？首先筆者在此作一簡要說明。此書爲元・劉鑑所撰，成書於至元二年（1336）之際。劉氏其自序云：「僕於暇日，因其舊制，次成十六通攝，作檢韻之法，……與韓氏《五音集韻》互爲體用，諸韻字音皆由此韻而出也。」可知此書乃是根據金・韓道昭《五音集韻》來編排字音的，二者相輔而行。在韻圖製作體制上，劉序所謂的「舊制」乃指《切韻指南》因襲《四聲等子》之舊。

全書共分爲十六攝、二十四圖，每圖所標註的名稱與韓書相同。各攝次第除「曾、梗」易位，也與韓書無異，並註明內外轉，比《四聲等子》整整多出四個圖。每圖首行皆先標明攝名、內外轉次，其次續以開合與獨韻，以廣通侷狹諸門分記其下。聲母部分，仍承襲守溫三十六字母之舊，又分隸五音；各攝所包含的平上去三聲韻部亦同。〔註19〕至於書中反映的語音現象，根據陳新雄（1974：82）研究，以爲「字母雖依據三十六，然當時語音則聲母多已簡化，如知照無別，非敷難分，泥孃混同，穿徹不異，澄床弗殊，疑喻合一。」此外，此書反映在韻母部分最顯著的現象，即是《切韻指南》改以入聲兼配陰陽，這與《韻鏡》陽入相配的情形不同。《切韻指南》裡分有入聲九攝。此乃爲其語音特點之一，顯示當時實際語音恐已無輔音韻尾-p、-t、-k 之別。〔註20〕

第三節　《音聲紀元》音論分析

《音聲紀元》除圖表之外，另有音論部分，包括：〈音元論〉、〈聲元論〉、〈論梵〉、〈述古〉、〈律呂源流〉、〈審音〉等篇，其中內容用以說解〈前譜表〉及〈後譜表〉，並陳述個人聲學思想。

筆者統計出在〈卷之一〉頁十二至頁二十裡，共有十一段文字敘述與趙宧光相似雷同。〔註21〕趙書較《音聲紀元》刊行時間早，從書中的文字敘述來看，

〔註19〕見忌浮（1995：76）。

〔註20〕關於《切韻指南》與《五音集韻》之間的密切關係，姜忠姬（1978）第四章有清楚的說明，此論題並非本文重點，故不贅述。至於《切韻指南》的音系，本文將於下文一併討論。

〔註21〕筆者將《悉曇經傳》和《音聲紀元》進行比對，以下說明之際，其原則爲：以《經傳》爲原見本，並於引文後註明《紀元》卷頁數。其中文字部分，吳氏或有更動，然文意未差，故本文僅進行節錄。

　　（1）原見〈形相例三〉：「五音之中，舌齒二三前，……收音時離一分。」（《卷之一》頁11）

　　（2）原見〈五聲例五〉：「平聲衷而安，……等韻乃以展聲。」（《卷之一》頁11）

　　（3）原見〈排攝例六〉：「等子二十四排失之略，……詳略皆過。」（《卷之一》頁11）

　　（4）原見〈翻竊例十二〉：「翻竊者，翻主聲，……是其竊也。」（《卷之一》頁12）

吳氏必然讀過趙書，並贊成趙氏部分音學觀念。因此，先就趙書作一說明：明‧趙宧光所撰，據記載得知：成書於萬曆丙午（1606）年。〔註22〕是書篇目如下：〈總敘〉、〈發凡〉（內分〈悉曇總例〉、〈梵音例〉、〈形相例〉、〈五音例〉、〈五聲例〉、〈排攝例〉、〈字母例〉、〈唱次例〉、〈盲師例〉、〈刊誤例〉、〈通韻例〉、〈翻竊例〉、〈門法例〉共十三例）、〈文殊問經字母品〉、〈瑜珈金剛頂經釋字字母品〉、〈刻梵書釋譚眞言小引〉、〈字母總持〉、〈學悉曇記〉等文。

趙氏之學乃是從研究《四聲等子》入手，最終撰成《等子刊誤》，糾摘其失。此書原本流傳不廣，學者或有論及，皆轉引自熊士伯《等切元聲》卷十。近人饒宗頤（1999：2～7）將《悉曇經傳》加以編集，並在書前將趙氏的學說簡要幾點歸結如下：

（一）詆諆《五音集韻》

其言曰：

> 韓氏淺陋，編輯《篇海》、《集韻》二書，以俚鄙謬之字，翻譯強作之書一同溷入。其子道昭陋劣滋甚。（《悉曇經傳‧刊誤例十》）

又說：

> 《篇韻》新舊二本校訂，考其所增字，無一成字者，故知道昭淺陋

（5）原見〈刊誤例十〉：「爲韻學者，……則建古今韻書家得失。」（《卷之一》頁12）

（6）原見〈五音例四〉：「濁音上聲，……在南人則絕然二聲。」（《卷之一》頁15）

（7）原見〈翻竊例十二〉：「等韻未行之前，……此又爲理廣矣。」（《卷之一》頁16）

（8）原見〈梵音例二〉：「梵書多體成文者謂之滿字，……併斥不入。」（《卷之一》頁16）

（9）原見〈梵音例二〉：「梵書五天音聲用事，一法不足以辨之。」（《卷之一》頁17）

（10）原見〈梵音例二〉：「彈舌之音，……久而不變也。」（《卷之一》頁17）

（11）原見〈五音例五〉：「古人以活法爲韻，不拘平仄。」（《卷之一》頁19）

〔註22〕李新魁（1983）、（1993）在二書裡，共計網羅古今韻學著述五百餘種，卻未見《悉曇經傳》。耿振生（1992：257）所引文字乃見於熊士伯《等切元聲》卷十。今筆者依據饒宗頤（1999）所編集《悉曇經傳——趙宧光及其《悉曇經傳》》一書，可知原書今藏於南京博物院。

妄作，比乃父特甚。(《悉曇經傳・刊誤例十》)

然而，甯忌浮於《五音集韻》、《四聲篇海》中有諸多考證，也給予相當評價。〔註23〕因此，趙氏對於〈五音集韻〉的評語，若以今日角度來看似乎稍嫌太過。

（二）以宮字出自顎音之首

《悉曇經傳・五音例四》云：「舊說以見谿群疑爲牙音，⋯今考《樂典》謂爲咢音，名實俱稱。咢音在《七音略》暨《韻會》、《篇韻》並屬角，非是。今改之屬宮。」趙氏反對以見谿群疑屬角，而改屬宮。〔註24〕

（三）提出《四聲等子》沿襲韓氏父子舊轍之說

由於趙氏對於韓氏父子之書多有微詞，因此，在批評之際，以爲韓氏父子所造成的不良影響極大，連《四聲等子》都據以編書。其書云：

> 舊韻俗書，十居八九，其不成字者，亦已半之。而劉氏不察，但取
>
> 韻中首字，編成《四聲等子》。〔註25〕(《悉曇經傳・刊誤例十》)

今人唐作藩（1989）、甯忌浮（1992）對於這些材料進行研究之後，也以爲二書之間具有相承相襲的密切關係，這樣的說法是與趙氏看法相同，〔註26〕可見趙氏早於五百年前即提出如此先知灼見。

（四）於辨內外轉有精闢之說

李新魁〈論內外轉〉一文裡，自熊士伯《等切元聲・辨內外》轉引趙宦光說法：

〔註23〕在甯氏（1987：335～345）、（1992：5～16）、（1994：80～88）等文章裡，對於此二書都有相當仔細的分析說明，並也給予二書相當的評價。

〔註24〕〈後譜表〉以宮聲與見溪群疑相配，可能也是受到趙宦光的影響。

〔註25〕趙氏誤以劉鑑爲《四聲等子》之作者，應爲韓氏父子。

〔註26〕關於《五音集韻》與《經史正音切韻指南》的密切關係，從劉鑑自序即昭然可見，而學者研究也有清楚論述，如高明（1972）、陳新雄（1974）、姜忠姬（1978）等。而《四聲等子》與《五音集韻》之間的關係，竺家寧（1972）對於《四聲等子》有深入的研究，甯忌浮（1992：9～10）裡將《四聲等子》與《五音集韻》比較，舉出十三條例證說明《等子》的基本結構與《五音集韻》一致。並且認爲「拋開《五音集韻》，人們對《四聲等子》和《切韻指南》的認識，恐怕難免知其然而不知其所以然。」

內外八轉，絕無的據，嘗細考之，如畫卦然，一二等爲外，三四等
爲內。止從「照母」分內門二等，惟照有字俱切入三等，所謂內轉
切三也。外門二等俱有字，仍切二等，所謂外轉切二也。二十門切
法：內三外二，正以照母言甚明。

從韻圖現象來看，趙氏所言，就如李文結論「照二組字就其反切以三等韻
母爲立足點，以區別內、外轉，無一例外。」

既然已明吳氏深受趙書影響，對於趙書理論也有簡要認識，以下再就《音
聲紀元》音論部分進行論述，歸納出吳氏的聲學論點：

壹　論「翻竊」

自宋元以來，學者對於「反切」的涵義有不同的看法，有人認爲二者同義，
有人則以爲二者爲不同概念。這樣的情形，到了明清時候，持後者觀點的學者
對於二字也採取種種的解釋，例如呂坤在《交泰韻·凡例》頁4～5提到：

反切二字，有兩義，無兩用。如「東」字可謂之德紅反，亦可謂之
德紅切。但其取意不可不知。上字屬音，既審七音，又辨清濁，反
覆調弄於齒舌之間故謂之翻；……下字屬聲，聲須切近，不切近則
非切矣。

呂氏以爲「反」、「切」二字內涵不同，以爲「反」指切語上字，「切」指切
語下字。其他如熊士伯《等切元聲》則以爲「反」「切」是不同拼切方法：「反」
是先順調、後反調，「切」是「一以上字爲準，切出下同韻字」。〔註27〕然而，
當時多數學者仍贊同李汝珍的看法，認爲「反」、「切」爲同實異稱者。

〔註27〕　〔清〕熊士伯說法乃轉引自耿振生（1992：76）。《等韻元聲·卷二·辨反切》：「《指
南》云：反切二字本同一義……或作反，或作切，皆可通用，不知反切二字理同
法異。反之說從神珙《九弄反紐圖》來，正反爲居隆宮，謂居隆反當爲宮字；到
反宮閭居，謂宮閭反當爲居字也。朱《傳》俱作反。世傳反法，如宮字居隆反，
調云：『居隆、居隆、隆居宮』；居字宮閭，調云：『調宮閭、宮閭、閭宮居』。謂
先順調，後反調，便得其字。……若切法，一以上字爲準，切出下同韻字。初學
必用『經堅』等過接字，認眞本母，隨勢切下，如調云：『於因煙焉』，萬無一失。
蓋切如切刀切物，分剖無黏滯處。切法既熟，聲入心通，『經堅』等字亦可不用
矣。」

吳氏論翻竊之際，其文字敘述與趙書大多相同，比對之下發現乃是節錄趙氏文句，足見吳氏應受《悉曇經傳》影響頗深。以下茲錄二書引文於下，並比較之間異同：（字下加「＿＿」者為《悉曇經傳》所本有）

> 翻竊者，「翻」主聲，「竊」主形。<u>如父精母血，坎離交遘，結成一音</u>。何謂「翻」？取二字調和，如因煙、人然之類是也。<u>在門法皆音和，故曰「翻」</u>。「<u>翻</u>」猶梵字之二合也。何謂竊？凡字狹之排本等無可拈取，或即有其字而係隱僻難文，<u>于是韻師以其音聲相近者</u>，<u>等而為四</u>，<u>比韻成排</u>，配以開闔；遇音和有限者，雜取二字為竊法，<u>聲或不調</u>，按圖索驥，故曰竊。竊者，取也，隨呼二聲取其調者為用，是其竊也。（《音聲紀元・卷之一・聲元論》頁 12）

既然吳氏著作內容受到《悉曇經傳》影響，以下就可以從趙氏說法來檢視、探究。趙氏認為「反切」即為「翻竊」二字訛變而來，其在《悉曇經傳・翻竊例十二》云：「俗書以反代翻，以切代竊，圖省筆耳，其義遂晦，今以聲形訓名之。」因此，吳氏云：

> 等韻未行之前，經史音訓通曰「反」；等韻通行之後，經史音訓通曰「切」。雖反易切難，然反狹切廣，反有所不通，則不得不切；切有所不解，<u>不得不為四等</u>；<u>等有所不明，不得不立門法</u>，故為四等門法。（《音聲紀元・卷之一・論梵》頁 16）

首先，從這段話可以得知：吳氏認為音韻研究的規則是由「反」→「切」→「四等」→「立門法」逐步完成的，換句話說，吳氏認為設立「門法」是為了彌補反切之用的不足。其次，又以為「翻」是指二字調和之音和切，「竊」是指同等無字時而借取他排的類隔切。

然而，筆者以為從音韻學角度來看，吳氏這兩種說法並不足以成立。第一，「等韻門法」與「反切」在音韻學裡是屬於相輔相成的呈現方法，觀察中國音韻學史，吾人可以發現是先有韻書而後作韻圖以說解音韻地位，並非如同吳氏所言「先製作韻圖，再根據韻圖而拼讀切語」。第二，從語音變異的角度來看，所謂的「類隔」乃是由於「古今音變」，並非古人刻意造就而成的。

貳 論南北方音殊異及音變

　　漢語從古到今都有方言存在，中古以後，改以南音、北音兩大分界，[註28] 在近代文獻裡所提到的南音與北音，泛指漢語南方和北方兩大類方言。李新魁（1991：235）說：「南音包括楚語、閩語、吳語和粵語等；而北音則包括整個大的北方方言區，即現在所說的北方話。具體來說，是指河北（燕音）、河南（中州音）、陝西（西音）、山東（齊音或東音）等地的方言。」元明清以來，各代學者對於南、北兩大類方言的差別也作了相當多的描述，筆者相信企圖記錄天地音聲之元的吳繼仕想必也將所聞者收於著作之中，吳氏云：

　　　　北人明於音而涸於聲，南人明於聲而涸於音。（《卷之一‧聲元論》）

從這段話裡足見明代方音的呈現及南北音聲之殊異，然而仍屬於籠統性描述。根據已知語料整理的結果，學者除了對於近代漢語已有相當的認識，於南北大界也能分別就聲、韻、調部分作一釐清。[註29] 又說：

　　　　濁音上聲，北人涸讀作去，南人則絕然二聲。（《卷之一‧聲元論》）

　　這段話清楚地指出：漢語史上北方語音發生了「濁上歸去」的演變，而南方語音則較保存古漢語的音理系統。

　　全濁音聲母系統在唐宋時期還相當完整，但已有發生演變的萌芽情形。南宋時期，陽平調的送氣濁音字逐漸消變為送氣清音；轉變之初仍然保存全濁音與清音兩讀。元中葉以後，這種兩讀情況逐漸消失，明朝時平聲字讀送氣清音，仄聲字仍讀全濁音。直到代代中葉，有些方言（如北京音）不管平仄都完全清化，但讀書音仍保持仄聲字讀全濁音的特點，這種情形一直維持到清初。由此可見，在吳氏所處的萬曆年間，濁聲母字的確呈現北方音清化的情形。根據李新魁統計明代保存全濁音的韻學著作來看，其中作者雖多為南方人，然而，李氏並不以此認定「保存全濁聲母」是南方音韻特色。因為從作者籍貫來看，同

〔註28〕《顏氏家訓‧音辭篇》：「自茲厥後，音韻鋒出，各有土風，遞相非笑，指馬之喻，未知孰是。共以帝王都邑，參校方俗，參覈古今，為之折衷。榷而量之，獨金陵與洛下耳。」金陵與洛下即代表當時南北不同語音的方言點。又說：「南方水土和柔，其音清舉而切詣，失在浮淺，其辭多鄙俗。北方山川深厚，其音沈濁而訛鈍，得其質直，其辭多古語。」

〔註29〕參見李新魁（1991：228～266）。

屬安徽的南方作者，對於全濁音的處理不一，或保存或取消，保存者所反映的基本上是當時比較接近讀書音的共同書面語，並非絕然屬南方音；〔註30〕而吳氏所言「南方則絕然二聲」或許顯得過於決斷。除此之外，吳氏也提出方音在聲調方面的相關論述，這段話雖為籠統，但仍為方音研究提供資料：

> 梵音有長短二聲，中原有三聲，燕齊有平無入，秦趙有入無平。至沈氏而四聲始全，而江南乃有五聲。等韻乃有展聲。（《卷之一‧聲元論》）

在〈聲元論〉裡，吳氏也將六十六聲作一詳細說明，除了以助紐字表現，幫助掌握正確音讀之外，並且能夠兼採方音作為其依據。例如：「黃」聲則類於「北音之呼『黃桓胡滑』，用南音則入『王』」，南方將「黃」讀作「王」，這代表著當時南方「黃王不分」，即喻匣二母同音。〔註31〕這些都是相當豐富的方音資料。

參 提出古籍有古讀之法

後人以後世音讀，讀古代有韻之文，發現其音不合，於是改讀為他音，因此歷來學者分別提出「改讀」、「韻緩」、「改經」、「通轉」、「叶音」等方法，目的在於使韻文讀來通暢押韻。〔註32〕學者在《紀元‧卷之一》頁12也對通讀古代文章時的音讀問題有所說明：

> 字有一字數聲者，故有叶有轉註，叶、轉註不盡者，又須讀諸子百家，其音自得；況四方風氣不齊，語言別異，而漢唐出聲具在，又以後代數家比類較之。若入之以鄙俚方言、市儈俗字，則反令古文晦滅矣。

又說：

> 江左制韻之初，但知縱有四聲而不知橫有五音，是未達於經常之變，而失古人立韻之意矣。……古音聲既亡，三百篇音響遂無所續，後之作者以其篇章歌調，用被於管絃率皆改易其字，而殊非原文；若

〔註30〕參見李新魁（1991：196～197，204～205）。

〔註31〕見本文第二章第三節，筆者對於吳氏提供的方音資料有完整的表列整理。

〔註32〕參見陳新雄（1999：9～14）。

依用原文，則皆不合律，故必正音聲，而後樂調可復。(《音聲紀元‧
卷之一》頁14)

吳氏認爲語音會隨著時代地域有所殊異，因此，使得後世學者在讀古代有韻之
文時，則有通達之礙。並以爲通讀古文也就是要「正音聲」，不可以「鄙俚方言」、
「市儈俗字」讀之，如此，則可知古人音讀。這樣的觀念，就古音學的角度來
看，所指的即爲「本音」。

「本音」亦謂之「正音」，即古之本音，無所謂「叶」。在宋代項安世《家
說‧論詩音》裡即清楚地提出「於此可見古人呼字，其聲之高下，與今不同。
又有一字而兩呼者，古人本皆兼用之，後世小學，音皆既定爲一聲，則古之聲
韻遂失其傳，而天下之言字者，於是不復知有本聲矣。」並以方言與形聲二途
來讀出本音。〔註33〕之後有元‧戴侗《六書故》亦明此理。其中，值得一提的
是焦竑之說。焦竑刊刻於《紀元》重刻本的序，對吳氏多所稱揚，因此，二人
對於「本音」觀點所見略同，焦竑之說將有助於對吳氏論點的說明。在〈古詩
無叶音說〉一文裡提到：「詩有古韻今韻，古韻久不傳，學者於《毛詩》、《離騷》，
皆以今韻讀之，其有不合，則強之爲音，曰此叶也。余意不然。」焦竑提出古
今音之殊異，以爲古人字有本音，力闢叶音之謬。這樣的說法是正確的，也帶
動之後古音學研究的熱潮，與焦竑、陳第同時的吳繼仕，雖在音韻學史上未能
聲名大噪，對於其論點亦不可抹滅忽略。

在第一節裡，筆者歸納出〈前譜表〉與〈後譜表〉的體制大概輪廓，然而，
〈前譜表〉裡的聲母數多達六十六、韻母數爲二十四；〈後譜表〉裡的聲母仍沿
用傳統三十六字母，韻母雖有數二十四，實質內容與〈前譜表〉並不相同。

接著在第二節裡，筆者利用歸字的選擇及歸位來判斷《音聲紀元》韻圖的
來源，結果發現〈前譜表〉、〈後譜表〉聲韻母系統表面看似不同，事實上卻分
別與《五音集韻》、《經史正音切韻指南》相承，兩兩輝映，互爲體用。由此，
筆者推論〈前譜表〉、〈後譜表〉的音韻系統只能有一套，只是二者的呈現面貌
有所殊異而已，而其中改動增減之處亦即《音聲紀元》創新之處，也可藉此探
究之間音變現象。

從書中材料來看，除了可以得知吳氏所設計的韻圖架構是源於邵雍、李文

〔註33〕參見陳新雄（1999：15~16）。

利之外，實未清楚論及個人韻學理論及韻圖所承來源。在作者行狀不詳的情形下，也很難據以判斷其師學淵源；而且，在〈述古〉部分，筆者發現吳氏對於前人韻學著作多有批評，獨以邵、李二人為宗。這除了反映吳氏意欲彰顯《音聲紀元》的價值；也反向透露出吳氏以為《音聲紀元》與這些著作的性質是大相逕庭的。然而，筆者在對照及蒐集資料的過程裡，發現其理論並非獨得胸衿，實是前有所承；在這一章裡，筆者除了整理出〈前譜表〉、〈後譜表〉的體制、歸字依據以及音論之外，在研究過程中也發現吳書各部分的來源：

一、〈音聲紀元十二律音聲分韻開闔後譜表〉與《經史正音切韻指南》形制相仿，二者所採用的韻字也幾乎相同。由此可知，吳氏〈後譜表〉應以《指南》為藍本，再加以改良而成。

二、〈音聲紀元二十四氣音聲分韻前譜表〉：〈前譜表〉與《五音集韻》加以對照，發現〈前譜表〉所用以代表音韻地位的用字幾乎與《五音集韻》裡的紐首相合，聲韻母所推看的音韻地位亦相合。

三、音論部分，與明‧趙宧光《悉曇經傳》有部分雷同處，或文意相同，或字句相同，足見受其影響。

第四章　《音聲紀元》的聲母系統

　　《音聲紀元》一書包括有〈前譜表〉、〈後譜表〉兩種韻圖，由於二者體制殊異，所呈現的聲韻系統因而看似有別。〈前譜表〉是吳氏書中最具獨創性的部分，分有六十六聲母，韻母則分爲二十四韻部，將其韻部還原與《五音集韻》的韻部相較，則僅少了去聲「祭」、「廢」二韻，共計收入 158 韻。〈後譜表〉依據《切韻指南》舊制，則將聲母分爲三十六（即爲傳統分類），與《五音集韻》、《切韻指南》均同；韻母分爲二十四圖，與〈前譜表〉所列名目不同，與《指南》相較，僅在韻攝及個別字的排列上作更動。聲調部分，前後譜表皆分爲平、上、去、入四聲，共同現象是平聲並未分陰陽。然而，前一章筆者已經將前後譜表、《五音集韻》、《經史正音切韻指南》的相互關係作一說明，因此可知前後譜表的音韻系統大致相類，只是呈現方式不同。本章僅先就聲母進行討論。

第一節　聲母概說及系聯

　　〈前譜表〉將聲母分爲六十六，分別爲：和文黃容玄溫恩因轟亨興王從根錫隨生精尊之清瀞初全共乾吾昂迎光根斤坤鏗輕葵同成寧能人丁敦知天通稱庭蓬逢明萌微冰賁分披丕非平雷靈嵩星神聲 [註1]；〈後譜表〉則將聲母以傳統三

─────────────

〔註1〕 本文稱《音聲紀元・前譜表》聲母之際，皆以「某聲」代替，以示區別，如「和」
　　　　聲。

十六字母表示：曉匣影喻精清從心邪照穿床審禪見溪群疑端透定泥知徹澄孃幫
滂並明非敷奉微來日。這兩個韻圖所使用的聲數不同，根據其例字及音韻現象
來看，則又同出一轍，因此，先將二者之間作一聯繫，這也就是將六十六聲以
三十六字母呈現的原因。

　　前後譜表雖互爲體用，然而〈前譜表〉的聲數是種創新，〈後譜表〉的聲目
是守舊，要研究《音聲紀元》的聲母系統，就必須先從語音的歷史演變著手，
也就是利用歷史比較法進行比較。〔註2〕此處先就筆者所使用的聲母研究過程作
一簡要說明，才不致於將之間關係淆混。由於〈後譜表〉所使用的聲母是傳統
三十六字母，又與《五音集韻》、《切韻指南》相同，而此處首先要進行的工作，
則是先將前後譜表的聲母作一對應。然而，前後譜表所使用的例字並不盡相同，
因此，筆者利用《五音集韻》相互對應，以代表〈後譜表〉聲母。以《五音集
韻》作爲音切的依據，用來代表中古音，顯示《音聲紀元・前譜表》所採用各
個聲類的來源，找出其分化、歸併的關係，尋求語音歷時演變的規律，並進而
擬構其音值。

　　林平和（1975：113～115）並未提出〈前譜表〉與《五音集韻》的關係，
僅僅從語音的古今音變角度去討論聲母問題，因而林氏的方法是以六十六聲
母與三十六聲母進行比對，並還原於四十一聲類，至於少數例外現象則以備
註說明。由於本文的最終目的是要找出書中實際的聲數，所要作的是將六十
六聲母作一清楚的釐清，因此在過程中僅將之與三十六聲母相較，暫不進行
細部分析。

　　吳氏所列聲母多至六十六，乃是由於以分隸五音十二律使然。在分析聲
母來源之際，筆者發現除了少數的特殊歸字之外，多數的聲母演變有其一定
規律。從這張表裡頭，首先將林氏在《明代等韻學之研究》的結果羅列於前，
其次，筆者再進行驗證工作，將〈前譜表〉裡所有例字配合上《五音集韻》
音切，再將資料以試算表程式整合，以六十六聲母進行排序，即可得出其與
三十六字母的相應模式。就「本文意見」則分爲兩個部分呈現，第一欄爲正
常的音韻演變現象，也就是將〈前譜表〉裡頭的例字依其聲母所出現的次數

〔註2〕　徐通鏘（1997：145）：「歷史比較法的一條基本原則是從空間的差異中去探索語言
　　　　在時間上的發展排列。」

進行統計，例如：〈前譜表〉「和」聲下共有 37 字，依其反切均屬《五音集韻》匣母；〈前譜表〉「黃」聲共收 35 字，依其反切亦屬《五音集韻》匣母；〈前譜表〉「王」聲共收 14 字，除了圖 6「詭」字音韻地位不合，暫且不論之外，屬《五音集韻》喻三有 7 字、匣母 3 字、疑母 3 字；第二欄部分則屬於例外個別字，例如：「容」聲共收 55 字，屬影、匣母者僅各收有 2 字，疑母 7 字，其餘多屬喻母（三、四）；〈前譜表〉溫聲收有 33 字，屬匣母者僅有 1 字，因此則判定爲例外現象。首先就《音聲紀元・前譜表》六十六聲母之來源及筆者歸納之依據，作一說明，以呈現整個聲母系聯過程：

1. 和：「和，戶戈切」，此字屬於中古匣母一等字，此聲母於〈前譜表〉共收有 37 字，依其反切均屬《五音集韻》匣母，毫無例外；此外，這類匣母字與開口呼字相配，即介音或主要元音均無[-i]、[-u]、[-y]者，如「寒」、「豪」、「痕」。

2. 文：「文，無分切」，屬於中古微母三等字，在〈前譜表〉裡共收有 20 字，其中除 21 圖裡所收「琰、菱」二字未能查見其反切之外，其餘例字均屬《五音集韻》微母。

3. 黃：「黃，胡光切」，屬於中古匣母一等字，就其例字而言，於〈前譜表〉內共收有 35 字，依其反切亦屬《五音集韻》匣母；這類匣母字與合口呼相配，即介音或主要元音爲[-u]者，如「桓」、「魂」、「懷」。

4. 容：「容，餘封切」，屬於中古喻母（喻四）三等字，於〈前譜表〉內共收有 55 字，其中喻母（包括 41 聲類的喻爲）有 44 字，另有疑母 7 字、匣、影母各 2 字，喻、疑、影合一是近代漢語史裡官話的語音現象之一，即今日零聲母的來源。此處，筆者與林平和所言有所出入：（1）林氏在備註並未提到 3 圖（聿，於律切）、8 圖（軋，烏黠切）均屬影母；（2）所提到的 6 圖疑母字除了「涯」之外，應有「騃」、「睚」二字，而未見「牙」字。

5. 玄：「玄，胡涓切」，屬於中古匣母四等字，於〈前譜表〉下共收有 39 字皆屬匣母，[註3]且與齊齒呼及撮口呼相配，即介音或主要元音

[註3]　〈前譜表〉「玄」聲裡收有「雄」字，此字《廣韻》作「羽弓切」，屬喻三；若以

為[-i]、[-y]者，如「玄」、「爻」、「兮」。

6. 溫：「溫，烏渾切」，屬於中古影母一等字，在〈前譜表〉中收有 33 字，這些字裡屬匣母者僅有圖 13 上聲「混」字，其餘皆屬影母，且與合口呼相配，如「剜」、「溫」、「歪」。

7. 恩：「恩，烏痕切」，屬於中古影母一等字，〈前譜表〉裡共收有 39 字，其中圖 8 裡有「Ａ」、圖 14 有「宜」字無法根據《五音集韻》斷定其音切及聲母；另有圖 23 上聲「闇」字屬溪母，其餘皆屬影母。這類字多與開口呼相配，如「安」、「坳」、「哀」。

8. 因：「因，於眞切」，屬於中古影母三等字，〈前譜表〉裡收有 55 個例字，其中僅有 1 字屬疑母（圖 8 收「雅」字，林氏亦提到此點），其餘皆屬影母。這類字與齊齒呼及撮口呼相配，如「淵」、「夭」、「氲」。

9. 轟：「轟，呼宏切」，屬於中古曉母二等字，此聲母內共收有 28 字，依其音切判定得知皆屬曉母，毫無例外。這些例字與合口呼相配，如「歡」、「昏」、「荒」。

10. 亨：「亨，許庚切」，屬於中古曉母二等字，此聲母於〈前譜表〉內共收有 30 字，其中圖 9「Ｈ」無法根據《五音集韻》判斷其音切及聲母，另有圖 18 去聲「鱟」、圖 23「酣」2 字屬匣母，其餘皆屬曉母。其中屬曉母例字者與開口呼相配，如「罕」、「蒿」、「哈」。

11. 興：「興，虛陵切」，屬於中古曉母，於〈前譜表〉裡共收 56 字，其中例字屬影母（圖 6 平聲「礐」）、匣母（圖 12 平聲「鰕」）者各有 1 字，其餘各字皆屬曉母。其中例字與齊齒呼及撮口呼相配，如「暄」、「囂」、「熏」。

12. 王：「王，雨方切」，屬於中古爲母三等韻字，共收有 14 字，其中「詭」字由於音韻地位有誤，暫且不論；其餘部分屬《五音集韻》喻三有 7 字、匣母 3 字、疑母 3 字。此處筆者與林氏所言有所出入：（1）圖 6 除了收疑母「外」字之外，亦收匣母「或」字；（2）林氏所稱

此條件來論定其音韻地位，則「玄」聲裡即出現「喻三與匣混用」情形。《集韻》作「胡弓切」，屬於匣母，音韻條件較為相符。

「喻母」是指 41 聲類「爲母」，卻又於備註說明「第 9、20 表收喻、爲。」根據筆者觀察圖 9 收「王、往、旺、籰」、圖 20 收「韋、趲、爲」均屬喻三，與林氏所言並不相同。

13. 從：「從，疾容切」，屬於中古從母一等字。〔註4〕於〈前譜表〉裡共收有 38 字，其中例字除了圖 6 入聲「澤」字爲澄母之外，其餘各字皆屬從母，並均與一等韻字相配。就其中例字與開口呼、合口呼相配，如「曹」、「存」。

14. 棖：「棖，直庚切」，屬於中古澄母，於〈前譜表〉裡共收有 39 字，其中在圖 12 平聲「槎」字屬從母，另有 23 字屬床母、15 字屬澄母，因此，以床澄二母爲聲母正常歸屬結果，以屬從母者爲例外現象，由此可見床澄合流現象。

15. 餳：「餳，徐盈切」，屬於中古邪母，此聲母裡共收有 19 字，依其音切判知均屬邪母，均無例外，就其中所收之字，可知均與齊齒呼、撮口呼相配，如：「旋」、「旬」、「祥」。

16. 隨：「隨，旬爲切」，亦屬中古邪母，此聲母裡共收有 11 字，其中圖 14「乙，於筆切」音韻地位不合，又收有精母（圖 13 平聲「曾」）1 字，所佔最多數者即爲邪母，共收有 9 字，與合口呼、開口呼相配，如：「僑」、「用」、「隨」。

17. 生：「生，所庚切」，屬於中古疏母（審二），〈前譜表〉裡共收有 52 字。在所收例字裡，圖 5「庥、閱」二字未有音切判斷聲母，1 字屬清母（圖 1 平聲「拴」），有 5 字屬審三，4 字屬心母，其餘皆屬三十六字母的審二（即爲疏母）。此處林氏《明代等韻學研究》系聯結果認爲僅有「心、審二」二組，並無列出例外現象。然而，以審三爲聲者，有圖 1「說，失爇切」、圖 11「春，書容切」「束，書玉切」、圖 16「始，詩止切」「試，式吏切」。由於審三佔總比例 9%、心母所佔 7%，因此筆者置於例外現象說明。

18. 精：「精，子盈切」，屬於中古精母，共收有 48 字，其中有 2 字屬從母

〔註4〕「從」字除「疾容切」之外，另有「七恭切」，今據所收例字音切皆屬從母，故以從母爲屬。

（圖 23 去聲「儕」、圖 24 上聲「咀」），1 字屬清母（圖 24 平聲「苴」），其餘 45 字皆屬精母，且與四等韻字相配。

19. 尊：「尊，祖昆切」，屬中古精母，共收有 54 字，其中有 3 字屬照二（即莊母），1 字屬從母，其餘皆屬精母；而且，在其餘的 40 字裡，有 7 字與四等韻字相配，31 字與一等韻字相配。此處筆者與林氏說法不同之處有二：首先，林氏認爲二十四圖中僅有圖 19「簪」屬照二，根據筆者系聯發現圖 6「責，側革切」、圖 12「租，側加切」亦爲照二；另外，在圖 16 有「漬，疾智切」爲從母，林氏未提。

20. 之：「之，止而切」，屬中古照三（照母），〈前譜表〉裡共收有 46 字，就林氏所言「之」母僅歸屬於照二，然而就筆者系聯結果發現：其中所用例字有 10 字的聲母屬照三，4 字屬知母，1 字屬端母，1 字屬初母，其餘 30 字屬照二。就比例來說照二佔 65%、照三佔 21%、知母佔 8%，因此將照二、照三並列爲對應聲母，將知、端、初二母作例外現象處理。

21. 清：「清，七情切」，屬於中古清母，此聲母下共收有 44 字，依其音切皆屬清母，並與四等韻字相配。

22. 琤：「琤，楚庚切」，依其音切則屬中古初母，於〈前譜表〉裡共收有 43 字，依其音切皆屬清母，其中圖 10 有「磋」字與初母同用一字，音韻地位亦同。除圖 16 與四等韻字（支通熙吹）相配之外，其餘皆與一等韻字相配。這裡所透露出的現象是值得注意的，吳氏何以將中古原屬「初」母之字，下頭配上「清」母字，筆者在此假設吳氏的語言裡，清、初母字是不分的。

23. 初：「初，楚居切」，屬於中古初母（穿二），共收 46 字，就林氏所言只歸屬於穿二（即爲初母），然而就筆者系聯結果發現其中的歸屬情形並不如林氏所言那麼單純：有 24 字屬穿三、佔 52%，14 字屬穿二、佔 30.4%，6 字屬徹母、佔 13%，2 字屬清母。因此將穿二、穿三視爲聲母歸屬的正常現象，徹、清二母則爲例外現象。

24. 全：「全，疾緣切」，屬於中古從母，共有 35 字，其中圖 5「藎」字屬邪母，其餘皆屬從母，且與四等韻字相配。林氏未說明例外現象。

就其例字論之，多屬齊齒呼、撮口呼，如「全」、「樵」、「齊」。

25. 共：林氏說「24 表全無字」，然而，在圖 11 有一共字，並與乾母去聲
　　同用一字。就其音切與乾母的關係來說，應屬群母，爲合口字。

26. 乾：韻書收有二切，分別爲「古寒切」及「渠焉切」，屬見母或群母。
　　〈前譜表〉裡共收有 48 字，其中 45 字均屬群母，其餘見、從、
　　匣母各有 1 字，由此可知，吳氏所擬定聲母應屬「群母」爲是。
　　至於此聲母理的例外現象，林氏並未說明。此聲母所收之字屬齊
　　齒呼、撮口呼，如：「權」、「喬」、「群」、「奇」。

27. 吾：「吾，五乎切」（另有五加切，聲母相同），屬中古疑母。〈前譜表〉
　　裡共收有 12 字，依其音切均屬疑母。依據所收例字來看屬於合口
　　呼，如「岏」、「頑」、「危」。

28. 昂：「昂，五剛切」，屬中古疑母，此聲母裡共收有 22 字，依其音切均
　　屬疑母。就其中所收例字屬開口呼，如「豻」、「敖」、「皚」。

29. 迎：「迎，語京切」，亦屬中古疑母。聲母下共收有 31 字，其中 1 字屬
　　日母，5 字屬泥母、佔 16%，8 字屬娘母、佔 25.8%，其餘 17 字屬
　　疑母，佔 54.8%。因此，將疑、娘、泥母皆視爲正常歸屬現象，以
　　爲日母爲例外。然而，此處與林氏所言亦有所出入：（1）林氏提到
　　「第 4 表收泥母『泥』，第 7 表收娘母『娘』」，看似僅有此二圖有
　　混用的情形，且泥、娘二母似乎絕然二分；然而筆者發現泥母出現
　　在圖 4 有「泥、你」2 字，在圖 21 有「拈、念、捏」；娘母除了圖
　　7 有 3 字之外，在圖 4 有「膩」、圖 9 有「搦」圖 17、圖 23 皆有字。
　　這代表著泥、娘、疑之間的混用情形比例絕對高於林氏所言，且泥、
　　娘二者的混用情形已是十分普遍。就其例字論之則屬齊齒呼、撮口
　　呼，如「袁」、「泥」、「娘」。

30. 光：「光，古黃切」，屬中古見母。共收有 37 字，其中圖 22 上聲有一
　　「ʔ」字，無法根據《五音集韻》判斷其音切及聲母，此處不論；
　　另有 2 字屬匣母，其餘 34 字皆屬見母。依其例字判斷屬於合口呼，
　　如：「官」、「昆」、「乖」。

31. 根：「根，古痕切」，屬於中古見母共有 36 字，其中僅有 1 字屬群母

（圖 20 平聲「奇」字），其餘皆屬見母，林氏未說明例外情形。
聲母與開口呼的韻字相配，如：「干」、「高」、「該」。

32. 斤：「斤，舉欣切」，屬於中古見母。〈前譜表〉裡共收有 67 字，僅有 2
字屬群母（圖 18、圖 24 入聲「鞠」），其餘皆屬見母，林氏未說明
群母的例外混用情形。就其例字來看屬於齊齒呼、撮口呼，如：
「涓」、「交」、「君」、「基」。

33. 坤：「坤，苦昆切」，屬於中古溪母。於聲母之內共收有 21 字，其中，
圖 9 入聲「擴」屬匣母，圖 21 上聲「磈」屬影母，其餘 19 字皆屬
溪母，對於匣母與影母的混用情形，林氏並未說明。就其中例字來
看，皆屬合口呼，如：「寬」、「匡」、「誇」。

34. 鏗：「鏗，口莖切」，屬於中古溪母。於〈前譜表〉內共收有 37 字，其
中，有圖 5 平聲「鞎」、去聲「硍」2 字屬匣母，其餘 35 字皆屬溪
母，在林書裡並未說明例外情形。就其聲母相配韻字來看，可知「鏗」
聲與開口呼相配，如：「刊」、「尻」、「開」。

35. 輕：「輕，去盈切」，屬於中古溪母。聲母內共收有 40 字，其中屬影
母者有 1，有 2 字屬匣母，其餘皆屬溪母，林氏未提到例外現象。
就其相配韻字論之，可知吳氏以此聲母多與齊齒呼相配，如：
「敲」、「羌」；另有少數與合口、撮口相配者，如：「棬」、「困」。

36. 葵：「葵，渠追切」，屬於中古群母。共收有 4 字，依其音切皆屬群母。
依其例字判斷皆屬合口呼，如「狂」。「葵」聲與「共」聲皆與中古
群母合口呼相配，然而字例都只有少數。

37. 同：「同，徒紅切」，屬於中古定母。共收有 52 字，除了圖 14 有「ᗡ」
[註 5] 無法判斷音切及聲母之外，另有 1 字屬透母，其餘皆屬定
母。此聲母與開口齊、合口呼韻字相配，如：「團」、「陶」、「屯」。

38. 成：「成，是征切」，屬於中古禪母，聲母下共收有 40 個例字，其中圖
13、14「成、闍」二字屬禪三，其餘皆屬澄母。林氏並未說明例
外現象。值得一提的是，吳氏將原屬中古禪母的「成」作為聲母，

〔註 5〕「ᗡ」就其音韻地位論之：同聲、麻韻，應為西歐字母「D」，然而，刊刻方向錯
誤所伸然。

其中所收例字卻多是「澄」母字，僅有少數禪母，這代表著澄、禪二母在吳氏當時語言裡是不分的。

39. 寧：「寧，奴丁切」，屬於中古泥母。於聲母下共收有 39 字，其中娘母佔有 20 字，泥母有 18 字，另有 1 字屬日母。林氏僅僅提到泥、娘二母，對於日母並未說明。

40. 能：「能，奴登切」，屬於中古泥母。共收有 44 字，其中娘母僅佔 2 字（圖 2 平聲「鐃」、圖 12 平聲「𢬵」），泥母有 42 字。

    單單看「寧」聲所呈現泥娘混用的情形時，一般會解釋成：「在屬於中古泥母的「寧」聲下頭，竟收有各佔一半的泥、娘二母，或許顯現在當時作者的語言裡這兩個聲母相混之嚴重，應該已經合而為一。」然而，在「能」聲裡，泥、娘母字出現比例又相差甚遠，筆者試圖從介音來解釋這個問題，即便可以得到圓滿的解決：「寧」聲下多與齊齒呼相配，因此，吳氏便將原屬於娘母例字填入；而「能」聲與開口呼、合口呼相配，如「嬈」、「囊」、「煖」。

41. 人：「人，如鄰切」，屬於中古日母。共收有 47 字，除了圖 14 平聲「✆」無法依據《五音集韻》判斷其音切，同 14 圖的入聲「舌，食列切」為禪母，應為吳氏之誤[註6]；有 1 字屬來母，其餘皆屬日母，林氏未說明來母之例外現象。

42. 丁：「丁，當經切」，屬於中古端母，共收有 20 字，圖 14 上聲「T」字，應為西歐字母，無法依據《五音集韻》判斷其音切及聲母；其餘皆屬端母，與韻部作一系聯，筆者發現丁母皆與四等韻相配，諸韻同時已於《五音集韻》之際併入三等韻。

43. 敦：「敦，都回切」，屬於中古端母，於聲母之下共收有 48 字。圖 21 裡有「搭」字屬透母，其餘各字皆屬端母，且與一等韻字相配。在林氏研究裡並未提及例外現象。

44. 知：「知，陟離切」，屬於中母知母。共收 55 字，其中有 37 字屬照三，17 字屬知母，1 字屬照二。因此，將知、照三視為正常歸屬現象，

[註6] 此圖「人」聲下所收之字，從上聲「惹」字、去聲「偌」字來看，因此，筆者以為此音韻地位宜填入「若」字。

將照二視爲例外歸屬情形。林氏並未提出「照二」現象。而從其中混用的情形來看，可知當時知系與照三已經多混用不分。《音聲紀元・前譜表》中有「知」、「之」二聲母，在《中原音韻・正語作詞起例・正音練習》也提到「知有之」一條，這之間是否有何對應關係？甯忌浮（1985：174）以爲《中原音韻》裡是周德清用以顯示語音最小差異關係的方式，「知」、「之」分屬齊齒呼及開口呼；而在《音聲紀元》裡，此二母在表音之際，並不以「呼」爲分用條件。

45. 天：屬中古透母，於〈前譜表〉內共收 20 字，其中屬於定母有 2 字（圖 2「跳」、圖 13「挺」），其餘皆屬透母，並與四等韻字相配。林氏並未提出定母爲例外現象。

46. 通：「通，他紅切」，屬中古透母，共收 53 字，其中僅有圖 13「磴」屬端母，其餘皆屬透母，並與一等韻字相配。林氏並未提出例外現象。

47. 稱：「稱，處陵切」，屬於中古穿母，共收有 41 字，其中有 1 字屬清母、1 字屬審二、2 字屬穿二，所佔比例均不超過 5%，筆者將之視爲例外現象；另有 14 字屬徹母，其餘皆屬穿母。就林氏所言並未注意到例外聲母的部分，僅對應於穿三與徹母。

48. 庭：「庭」字屬中古定母，聲母下共收有 20 字，依其音切均屬定母。

49. 蓬：「蓬」字屬中古並母，聲母下共收有 39 字，圖 14 平聲有「Ｂ」無法依據《五音集韻》判斷其音切及聲母。其中有 4 字屬於幫母，其餘 34 字皆屬並母。

50. 逢：「逢」字屬中古奉母，共收有 24 字，依其音切皆屬奉母。

51. 明：共收 21 字，其中有 4 字屬微母，其餘皆屬明母，並與三、四等韻字相配。

52. 萌：「萌，莫耕切」，屬中古明母。共收有 50 字，圖 10 上聲「麼」屬微母，其餘皆屬明母，並與一二等韻字相配。

53. 微：僅有圖 3 裡收有 3 字，皆屬微母。

54. 冰：「冰，筆陵切」，屬於中古幫母，共收有 23 字，依其音切皆屬幫母，並與三、四等韻字相配。

55. 賁：「賁」字屬中古幫母，共收 48 字，其中圖 14 平聲「卫」未能判斷

其音切及聲母，其餘皆屬幫母，並與一、二等字相配。

56. 分：「分」字屬中古非母，共收 27 字，其中圖 18 平聲形體不明者（此字左旁已模糊不清，右旁從鳥），及上聲「𪃾」均無法判斷其音切及聲母，有 4 字屬敷母，其餘 21 字屬非母。

57. 披：共收 20 字，依其音切皆屬滂母。

58. 丕：共收 43 字，依其音切皆屬滂母。

59. 非：僅收有 4 字，其中圖 4 入聲「日」字音韻地位不合，上聲「斐」字屬敷母，平、去聲有「非、沸」二字屬非母。

60. 平：共收有 4 字，依其音切皆屬並母。

61. 雷：於聲母內共收有 51 字，依其音切均屬來母，且與一等韻字相配。

62. 靈：共收有 43 字，依其音切皆屬來母，且與三等韻字相配。

63. 嵩：共收有 41 字，其中圖 22 入聲「帥」字屬審二（疏），其餘皆屬心母，並與一等韻字相配。

64. 星：共收有 50 字，依其音切皆屬心母，且與四等韻字相配。

65. 神：「神」字中古即為神母，於聲母內共收有 45 字，其中有 2 字屬日母、7 字屬床三（神母）、其餘皆屬禪母。吳氏於中古為神母的「神」聲下，填入多數的禪母字，屬於神母者，僅佔 15%，這樣的現象顯示當時語音已有神禪不分情形。

66. 聲：共收有 49 字，其中 1 字屬禪三，5 字屬審二（疏），其餘皆屬審三（審）。此處林氏並未提到禪三、審二現象。

接著，將上文系聯過程及歸屬比例完全省略，然而以表格將系聯結果陳列，以求清楚呈現其中歸屬現象：

| 《紀元》66 聲 | 林平和《明代等韻學之研究》 | | | 本　文　意　見 | |
	36 字母	《廣韻》41 聲類	備　註	《五音集韻》36 字母	聲母特殊歸派現象
和	匣	匣		匣	
文	微	微		微	
黃	匣	匣		匣	
容	喻	喻為	第 6 表、8 表收疑「涯」、「牙」，13 表收匣母	喻（三四等）、疑	匣、影
玄	匣	匣		匣	

溫	影	影		影	匣
恩	影	影		影	溪
因	影	影	第 8 表收疑母「雅」	影	疑
轟	曉	曉		曉	
亨	曉	曉		曉	匣
興	曉	曉		曉	影、匣
王	匣疑喻	匣疑為	第 1、13 表收匣、第 6、22 收疑、第 9、20 表收喻、為	喻三、疑、匣	
從	從一	從一		從一	澄
棖	澄、床二	澄、床二		澄、床二	從
餳	邪	邪		邪	
隨	邪	邪		邪	精
生	心、審二	心、疏		審二	心、審、清
精	精四	精四		精四	從、清
尊	精一	精一	第 19 表收照二「簪」，第 3、16 表收精四	精一	照二
之	照二	莊		照二、照三	知、端、初
清	清四	清四		清四	
琤	清一	清一	第 16 表收清四	清一	（「琤」、「初」二聲同用「磋」字）
初	穿二	初		穿二、穿三、徹	清
全	從四	從四		從四	邪
共			24 表全無字	群	
乾	群	群		群	見、從、匣（「共」、「乾」二聲同用「共」字）
吾	疑	疑		疑	
昂	疑	疑		疑	
迎	疑	疑	第 4 表收泥母「泥」，第 7 表收娘母「娘」	疑、娘、泥	日
光	見	見		見	匣
根	見	見		見	群
斤	見	見		見	群
坤	溪	溪		溪	匣、影
鏗	溪	溪		溪	匣
輕	溪	溪		溪	匣、影

葵	群	群		群	
同	定	定		定	透
成	澄	澄		澄	禪
寧	泥、娘	泥、娘		泥、娘	日
能	泥、娘	泥、娘		泥、娘	
人	日	日		日	來
丁	端二、三	端二、三		端四	
敦	端一	端一		端一	
知	知、照三	知、照		知、照三	照二
天	透四	透四		透四	定
通	透一	透一		透一	端
稱	徹、穿三	徹、穿		穿三、徹	審二、穿二、清
庭	定	定		定	
蓬	並	並		並	幫
逢	奉	奉		奉	
明	明三、四	明三、四		明三、四	
萌	明一、二	明一、二		明一、二	
微	微	微		微	
冰	幫三、四	幫三、四		幫三、四	
賁	幫一、二	幫一、二		幫一、二	
分	非、敷	非、敷		非、敷	
披	滂	滂		滂	
丕	滂	滂		滂	
非	非	非		非、敷	
平	並	並		並	
雷	來一	來一		來一	
靈	來三	來三		來三	
嵩	心一	心一		心一	審二
星	心四	心四		心四	
神	床三、禪三	神、禪		床三、禪三	日
聲	審三	審		審三	審二、禪三

　　以上筆者所進行的工作，首先是將〈前譜表〉的六十六聲，依據《五音集韻》反切塡入音節；加上吾人已知〈後譜表〉乃是以與《五音集韻》爲體用的《經史正音切韻指南》爲藍本，而將前後二者進行系聯。因此，這項工作所顯

現出的成果，不但是將前後譜表進行共時性的比對，證明二者皆是反映同一語音系統；也是將〈前譜表〉與《五音集韻》進行歷時性的研究。此處筆者發現：六十六聲母是能夠完全收納入三十六聲母系統裡，較之繁複的原因，與吳氏利用「聲介合母」﹝註7﹞使聲母系統龐大以表天地之音有密切關係。而三十六與六十六聲母，二者對應情形如何？詳加區分後則反映有以下幾種現象：

（一）〈前譜表〉數聲同屬三十六字母其中一聲母：例如三十六字母的匣母，在〈前譜表〉則分別在「和」、「黃」、「玄」母出現，又例如「溫」、「恩」、「因」聲代表三十六聲母的影母，這是「聲介合母」的其一呈現形式，也就是利用不同聲母配以不同介音，共同表示中古某一聲母。

（二）〈前譜表〉裡的數聲依等第分別代表三十六聲母其中一聲母：三十六字母的「清母」，在〈前譜表〉裡以「清」代表清四，以「琤」代表清一，這也是「聲介合母」的情形。

（三）〈前譜表〉其中某一聲母共用三十六聲母其中數聲母：如〈前譜表〉「之」聲分別包括三十六聲母「照二、照三」。

而在〈前譜表〉六十六聲母裡，有不少聲母重出的原因是因為將介音算入聲母系統裡，（一）、（二）類都是如此情形，之間的不同在於第一類有混用情形，第二類能清楚分等。從上面的表格裡，吾人可清楚找出《音聲紀元》裡六十六聲母的來源；然而，若改以三十六字母為標目來呈現，除了可見六十六字母之間通用及依等分列的情形，亦可見從中古至《紀元》裡聲母的分併情況。如下：

﹝註7﹞ 在筆者對照過程裡發現：〈前譜表〉雖列有六十六聲母，主要的原因是其中有「聲介合母」的現象，也就是將中古來源相同的聲母，以介音為分別條件而詳加區別，然而之間具有互補作用，筆者也認為這就是其中可探索的音變規律。如同徐通鏘（1997：160）所說的：「漢語方言的聲母系統的變化大多與介音的作用有關，變化的方式，大體就是分化、回流和回歸。分化，借用傳統的術語來說，不外乎輕唇與重唇的分化、舌頭和舌上的分化、齒頭和正齒的分化以及舌根和舌面的分化，而『舌上』、『正齒』、『舌面』這些系列的音從『舌頭』、『齒頭』和『舌根』中分化出來之後，相互又可以借助於介音的作用而回流或回歸。

幫	滂	並	明	非	敷	奉	微	見	溪	群	疑	端	透	定	泥	知	徹
賁（一二）〔註8〕	披丕	蓬平	萌（一二）	分非	分	逢	文微	光根斤	坤鏗輕	共乾葵	吾昂迎	敦（一）	通（一）	同	寧	知	稱初
冰（三四）			明（三四）									丁（二三）	天（四）	庭			

澄	娘	精	清	從	心	邪	照	穿	床	審	禪	影	曉	匣	喻	來	日
棖	寧	尊（一）	琤（一）	從（一）	嵩（一）	餳	之（照二）	初（穿二）	根（床二）	生（審二）	神	溫恩因	轟亨興	和黃玄	容王（三）	雷（一）	人
		精（四）	清（四）	全（四）	星（四）	隨	知（照三）	稱初（穿三）	神（床三）	聲（審二）					容（四）	靈（三）	

　　如此反覆地說明，不但可以映證吳氏以爲前後譜表互爲表裡的觀點，也證明筆者在第三章時提出前後譜表與《五音集韻》、《切韻指南》有密切關係的看法。

　　至於〈後譜表〉的聲母情形如何呢？在此也進行說明，由於其基本體制是依據《切韻指南》爲藍本，因此在聲母的安排基本上如同筆者在下面圖中所排列的情形相同，呈現十分整齊的狀況，也因此有異議處並不多，而前賢對此已有詳細論述，故不贅述。

〔註8〕括號中的數字代表等數，如：賁聲用以表示幫母一、二等，冰聲則爲幫母三、四等。

五音	宮	商	角	徵	羽
圖示	○◉◑●◎	○◉◑●◎	○◉◑●◎	○◉◑●◎	○◉◑●◎
36字母	見溪◑疑群	端透◑泥定 知徹◑孃澄	幫滂◑明並 非敷◑微奉	精清從心邪 照穿床審禪	影曉匣喻來 日

　　在〈後譜表〉對聲母的排列裡，吳氏對於見、端、知、幫、非系字以「全清、次清、次濁、全濁」的順序呈現，與精照不同（仍以全清、次清、全濁、次清、全濁排列），因此圖中用以標示聲母位置的圈圈（○◑●◉◎），則意符相同，而意指殊異。然而，對於聲母的排列問題，必須進行討論的是在「羽」這一欄，上圖的架構實源自趙憩之《等韻源流》的說法，認為「匣、喻雖各居其位，而來、日共居一位」。然而，就例字進行觀察，則可見「喻、匣、來、日母共置，位置不定」，這種情形相當普遍。舉例說明：

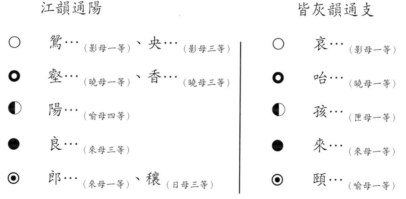

　　原本的排列是「影曉匣喻來（日）」，在上面所舉兩個例子裡，可見「匣、喻、來、日」四母混用不分。這亦可視為書中特殊語音現象。

第二節　聲母歸屬現象討論

　　由於〈前譜表〉聲數之多，無法與中古或近代漢語史任一音系的聲母系統進行簡要比較，又吳氏書中提到其著書目的乃是在於記天地音聲之元，因而，筆者相信在每一部韻學著作裡必有一主要音系。因此，在這裡所說明的語音現象，主要是從上面部分裡所整理出的「正常歸屬現象」進行討論，這些現象都是統計比例較高者，以為本文確定基礎音系之用，若「聲母特殊歸派現象」部分有與之相互映證者則一併說明，以為參證；其餘例外現象則以為方音或音變使然，並不列為音系判定依據。

壹 影、喻、疑、匣的合併

一、影、喻、疑合流

經過〈前譜表〉六十六聲母與三十六聲母的比較，除了以「吾」、「昂」表示三十六字母的疑母，「恩」、「因」表示影母之外，筆者發現「容」聲將喻、影、疑合用，「王」聲將喻三、疑混用，「因」聲將影、疑混用，屬於零聲母。舉例如下：

圖1　　〔平〕員，王權切（爲母）

　　　　〔去〕院，王眷切（爲母）

　　　　〔入〕悅，弋雪切（喻母）

圖8　　〔平〕牙，五加切（疑母）

　　　　〔上〕雅，五下切（疑母）

　　　　〔去〕訝，吾駕切（疑母）

　　　　〔入〕軋，烏黠切（影母）

　竺家寧（1982：126）提到中古以後漢語零聲母的形成可分爲三個階段：第一階段是在中古後期的三十六聲母時代，喻四（喻）和喻三（爲）成爲同一類，王力《漢語史稿》則將演變時間推測爲十世紀；第二階段是則以《九經直音》爲材料，發現喻爲、喻影、疑影有相混的情形，也就是說喻影疑相混的時代應於宋代之際，這比王力根據《中原音韻》所定的時間早；第三階段則以現代國語觀察，發現零聲母的範圍除的喻影疑之外，還包含微日兩母。因此，可以推測《音聲紀元》應處於演化的第二階段。

二、匣喻爲合一、疑母半讀喻母 [註9]

　上述的影、喻、疑合流是近代官話裡的重要演變現象，然而，在學者的研究中並未見官話裡有匣喻爲合一的情形。在《音聲紀元》裡，「王」聲除了收喻母字之外，在〈前譜表〉圖1、6、13收有匣母字；「容」除了喻疑混用之外，與匣母有例外混用情形，也就是說在「容」聲裡，匣、疑母部分混入喻母。

　舉例如下：

──────────

〔註9〕 此處筆者所稱的「半讀喻母」的「半」是指「部分」。

圖 1 王聲 　〔平〕完，胡官切（匣母）

圖 6 王聲 　〔入〕或，胡國切（匣母）

圖 13 王聲 　〔平〕弘，胡肱切（匣母）

然而，這種現象卻可見於明清所作的部分韻書，如：《聲韻會通》、《類音》。

〔註10〕耿振生（1992：155）提到：《聲韻會通》的「月」母與中古聲類比較，則有匣、喻、疑（少數字）合併的情形出現，這是吳方言區聲母的主要特徵；李岳儒（2000：78）也離析出《類音》裡有匣喻爲合一、疑母半讀作喻母的現象，同時，在文中並交代《類音》呈現清初吳江方言面貌。在此也可以稍作回顧：吳氏的籍貫爲安徽歙縣，曾遷移至舟山群島。可見他所使用的語言，除了官話之外，必然有另一種能通行兩地之間的方言，安徽語言的複雜性近年來一直爲學界所討論的焦點，筆者從相關語料得知並徽州語音並未反映這種現象，馬希寧（1996：298）總結說：「從徽州方言的表現可窺出有三支方言曾在此發揮影響力，分別爲吳語、客贛方言、官話。」吳語的觸角延伸至舟山群島，〔註11〕符合吳氏移徙資料。由語音史的演變現象及上述幾種推論來看，在此筆者假設匣喻合一（匣混入喻）是吳方言的反映，是有可能的。

關於上述這兩種現象，筆者嘗試用韻母的條件來解決。首先有兩種假設情形：

1. 吳氏語言裡，這兩種聲母現象是由於介音及韻母的條件而有別，也就是呈現互補的情形。

2. 在吳氏所用的語言裡，這兩種聲母現象是完全混用不分，毫無條件性可言。

接著，進一步觀察混用聲母所出現的韻母地位爲何？其中，「容」聲所反映的喻、疑合併，除了圖 10、12、15、16、20、21、22 七圖未見音切之外，其餘十七圖皆有收字，且開齊合撮四呼皆俱。而「王」聲所反映的爲、疑、匣合併，其中在圖 1、6、9、13、20、22 皆有收字，且開齊合撮四呼兼具。

〔註10〕《會通》爲明嘉靖十九年（1540）王應電（江蘇昆山人）所作，耿振生（1992：202）提到這本書完全按照實際讀音來區別類音，不受古韻、官韻的束縛。《類音》爲清初潘耒（江蘇吳江人）所作。

〔註11〕參見方松熹（1984：14）。

對於這組聲母的分合結果已是昭然若揭，兩種聲母混同現象，在韻母條件卻毫無區分，即便顯現出在吳氏的語言裡，這兩種現象並不會因條件造成不同的分化情形。說的更清楚一些，也就是說筆者假設吳氏對於官話及吳語這兩種語言已經混合不分，且皆讀若喻母。

貳　泥、娘、疑母之合流

一、泥、娘二母的歸併

〈前譜表〉六十六聲與三十六聲母相較之下，發現寧、能、迎聲都收有泥、娘母字，然而，之間是混用不分的。

舉例如下：

圖 4 寧聲	〔平〕尼，女夷切（娘母）	〔上〕你，乃里切（泥母）
	〔去〕膩，女利切（娘母）	〔入〕逆，奴歷切（泥母）
圖 4 迎聲	〔平〕尼，女夷切（娘母）	〔上〕你，乃里切（泥母）
	〔去〕膩，女利切（娘母）	〔入〕逆，奴歷切（泥母）
圖 12 能聲	〔平〕拏，女加切（娘母）	〔上〕縈，乃里切（泥母）
	〔去〕胗，乃亞切（泥母）	

其中，寧、迎二聲在圖 4、圖 7 裡所用的例字完全相同，然而，在韻書中也找不到其他音切，這一點更充分顯現出：由於迎、寧可以合併，而娘、泥混用的情形，使得這三個聲母實爲同一聲。

泥、娘二母的分合情形，就現代方言來看，如北京、武漢、成都、鄭州、漢口等地皆不分，且讀爲舌尖鼻音。〔註 12〕

二、疑與泥、娘的混用

關於疑、泥、娘三種聲母的使用情形，除了上述語音現象之外，在《音聲紀元》裡，「迎」聲共收有疑、泥、娘母，形成三者於其中混用的情形。如此的混用情形是有別於上述現象，因此獨立說明之。書中〈前譜表〉裡除了圖 21 專收泥母，圖 9、17、23 專收娘母，圖 1、13、18、19 專收疑母，其他圖裡則三者混用不分。

〔註 12〕參見袁家驊（1989：25），北大中文系教研室等編（1962：頁 7～18）。

　　舉例如下：

　　圖 4 迎聲　〔平〕泥，奴低切（泥母）　〔上〕你，乃里切（泥母）

　　　　　　　〔去〕膩，女利切（娘母）　〔入〕逆，宜戟切（疑母）

　　圖 23 迎聲　〔平〕嚴，語韽切（疑母）　〔上〕儼，魚掩切（疑母）

　　　　　　　〔去〕驗，魚窆切（疑母）　〔入〕聶，尼輒切（娘母）

就文獻證據論之，這代表著泥、娘、疑之間的混用情形比例相當高，而究竟其間湘混情形為何？耿振生（1992：155）分析《聲韻會通》時，將此書聲母與中古聲母進行比較，其中有「義」母包括有「疑、泥、娘」母，反映的現象亦相同；李新魁（1993：483～484）有具體的見解，認為「保存疑母，而雜入娘母」。除了上述資料之外，〈前譜表〉聲目編排順序「共乾吾昂迎光根斤坤鏗輕葵」，所離析出的聲母皆屬見系字，也就是說：吳氏具有音韻學概念，因而能夠羅列整齊聲母系統。從這組例字來看：

　　圖 4 迎聲　〔平〕泥，奴低切（泥母）　〔上〕你，乃里切（泥母）

　　　　　　　〔去〕膩，女利切（娘母）

這三個例字反映：即使吳氏能列出「迎」聲為聲目，然而，就其語言裡已無法分出泥娘疑母。再就同為「迎」聲入聲為例：

　　　　　　〔入〕逆，宜戟切（疑母）

　　就其切語論之應屬疑母字，然而今日國語讀舌尖鼻音〔n〕。從音理來看，則這三個聲母與細音相配時，以娘母讀音最為合適，其條件如下：

$$ŋ、n、ȵ→ȵ / i、y$$

　　由此可知，疑、泥、娘的混同現象，是有別於泥、娘不分的，一是由於條件不同，泥、疑讀入娘母的情形僅在齊、撮口才出現；二是讀法不同：此處最後聲母讀若「娘」。

　　從中古至近代的官話及吳方言裡，泥、娘二母多已相混，現代方言大部分念作[n]，部分地區與[l]有混用情形；在吳方言裡則於齊、撮口呼時，與疑母相混，其餘讀作[n]。其演化過程是：

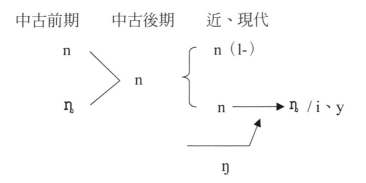

參　知、照系的合流

照系字事實上含括了莊系（照二）與照系（照三），在中古《廣韻》時期，知、徹、澄三母是舌面音，莊、初、床、疏四母是舌尖後音，照、穿、神、審、禪五母則屬舌面前音，彼此之間的分際十分清楚。然而，在《音聲紀元・前譜表》裡這三組聲母改由其他字替代，其中由於「介音」使得聲數增多，即使如此，卻仍見知、莊、照的合流情形：「棖」聲，是從三十六字母的澄、床而來；「之」聲多數是從莊、照而來，亦有少數屬知母；「初」聲是從初、穿、徹母而來；「知」聲是從知、照而來，「稱」聲是從穿、徹而來的。

舉例如下：

圖2 棖聲　〔平〕巢，鉏交切（床二）　〔上〕僝，士絞切（床二）

　　　　　〔入〕擢，直較切（澄二）

圖1 之聲　〔平〕跧，阻頑切（莊母）　〔上〕轉，陟袞切（知三）

　　　　　〔去〕囀，知戀切（知三）　〔入〕拙，職悅切（照母）

圖11 初聲　〔平〕充，昌終切（穿三）　〔上〕寵，丑隴切（徹三）

　　　　　〔去〕悉，丑用切（徹三）　〔入〕觸，尺玉切（穿三）

圖12 初聲　〔平〕叉，初牙切（初二）

　　　　　〔上〕妊[註13]，丑下切（徹二）

　　　　　〔去〕詫，丑亞切（徹二）

圖2 知聲　〔平〕昭，之遙切（照母）　〔上〕沼，之少切（照母）

　　　　　〔去〕詔，之少切（照母）　〔入〕卓，竹角切（知二）

〔註13〕《紀元》本寫作「姹」，乃為形誤，應改作「妊」。

圖 13 稱聲　〔平〕稱，處陵切（穿母）　〔上〕逞，丑郢切（徹母）

〔去〕稱，昌孕切（穿母）　〔入〕赤，昌石切（穿母）

關於知、照、莊合流的演化過程，是照系與莊系合流爲照系字，而照系又與知系合流成現代的 tʂ、tʂʼ、ʂ。根據王力（1958：149）《漢語史稿》說：

> 正齒音和舌上音發展情況是這樣：首先是章昌船書併入了莊初崇山
> （即守溫三十六字母的照穿床審），後來知徹澄由破裂音變爲破裂摩
> 擦之後，也併入莊初崇山的原音是 tʃ、tʃʼ、dʒ、ʃ，最後失去了濁音，
> 同時舌尖移向硬顎，成爲 tʂ、tʂʼ、ʂ。

此外，略帶一提的是，在《音聲紀元》的「神」聲裡，也有神禪不分的情形出現。竺家寧（1980：97）也提到中古的濁塞擦音和擦音即有混同的情形，在知、莊、照合流演化的過程中，神禪的規律屬同一類。

所歸納出的結果乍看之下，似乎與王力的說法完全相合。所列出的聲母中，除了圖 1 的「之」聲裡直接反映出知莊照二三等混用，能完全與王氏說法相符之外；「根」聲、「初」聲反映知、莊相混，「初」聲、「知」聲、「稱」聲反映知、照相混，[註14]與官話的知莊照混用不分仍有所差異。「之」聲與「初」聲的現象以數學遞移律：「a＝b，b＝c，推得 a＝c」解釋稍嫌偏頗；因爲毫無音標的語音系統，所應該重視的是詮釋的合理性。筆者認爲：「知系與照系混用，又與莊系混用，而莊照是否相混，事實上吾人並不清楚。」就如曹正義（1979：14～15）在深入探討過《中原音韻》及相關韻圖之後，總結說：

> 中古的知、照兩系在《中原音韻》和北方某些方言裡，確當分爲知
> （二）莊和知（三）章兩組聲類。這並不排斥在其它方言可以有不
> 同的反映。前舉順天（即北京）徐孝的《重訂司馬溫公等韻圖經》，
> 知照兩系就沒有二三等的區別，同現代北京音的反映是一致的。

曹氏提出不一樣的見解，認爲《中原音韻》在知照相混的情形依二、三等有別，與現代北京音不同，本文探討的《音聲紀元》也是這樣，僅有少部分與北方官話演化規律相合。再從現代方言的語音現象來看，馬希寧（2000：162）提到：

〔註14〕「初」聲於圖 11、12 裡，分別有「穿三、徹三」與「初二、徹二」混用的情形出現，即使如此，仍是分圖分等不相雜用。

「在今天許多漢語方言都有知莊章三組聲母合流的傾向，這可能受到官話方言影響的結果。文中所提的吳語和客方言都是知章組首先發生變化，吳語的知章組（不含知二等）是向舌尖前音變去，與精莊合流。」精系在《音聲紀元》中雖然是獨立存在的一系，然而，筆者發現「尊」聲有「精」與「照二」、「生」聲有「心」母與疏（審二）、審（審三）、清母混用、「從」聲有從母與澄母混用的現象，這些都是精莊合流的跡象。〔註15〕

　　除了吳方言之外，黎新第（1995a：84）提出在明清南方官話裡，原莊系字聲母部分併入精系，部分併入照（知）系字。〔註16〕因此，只能層次性地分析，認爲在《音聲紀元》中知照分合主要類型爲：知二等與莊系、知三等與照系分用，即知莊混用，莊照分用，而且莊系也有少數與精系字混用，這種現象是有別於北方官話的，與馬希寧所提及吳語、黎新第所說的明清南方官話現象是相似的；而知莊照雖混用〈前譜表〉「之」聲裡，而三者完全合流僅有一孤例，這種現象是受到北方官話影響，皆入莊系字，最後讀作捲舌音。

肆　非敷合流、非奉分立

　　在《音聲紀元》裡，非、敷二母已經合而爲一，改以「分」、「非」聲表示，之間混用不分，毫無定則。

　　舉例如下：

　　　　圖 11 分聲　〔平〕風，方戎切（非母）

　　　　　　　　　　〔上〕捧，敷奉切（敷母）

　　　　　　　　　　〔去〕諷，方鳳切（非母）

　　　　　　　　　　〔入〕福，方六切（非母）

而以「逢」聲表示奉母，文、微二聲表示微母，王力（1982：148）脣音在三十六字母時，由於合口三等字而分化爲輕脣與重脣兩組，在分化的初期，情形如

〔註15〕從甯忌浮（1995：11～12）的研究可以得知，在《五音集韻》裡即便反映出精莊合流的情形，甯氏舉出十五例說明照二併入精組。

〔註16〕在黎新第（1995a：81～88）以三項證據判定明清南方官話確實客觀存在，且其基層語言爲南京話，並以（明）李登所著《書文音義便考私編》作爲初步依據，與現今江淮官話作一聯繫，提出明清南方官話的語音特點。

下：

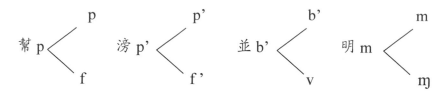

一經分化，p 和 p'的合口三等字（即 f 和 f'）立刻合流為[f]，而吐氣的[f']根本是不存在的。到了十二、三世紀濁音清化的時代，[v]變了[f]，於是非敷奉合流，這與《音聲紀元》奉母現象不相合。然而，就中古音至現代國語演化過程來說，竺家寧（1992：450）有更為詳盡的圖示，迤錄如下：

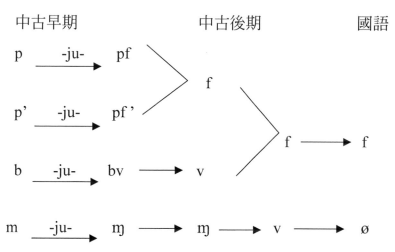

從這張圖表即便可以清楚地知道，在明萬曆所作的《音聲紀元》所反映的唇音現象若與國語相較僅止於反映中古後期現象，即非敷合流、非奉分立，換句話說，《音聲紀元》在這組聲母所反映的可能是中古後期的存古現象。

又由於前幾種語音現象與吳方言類似，筆者曾換以另一種思考模式，則將《音聲紀元》這組聲母現象與現代吳方言進行比較，因而假設《音聲紀元》非敷合流、奉母獨立的現象。試將其現象以圖示說明：

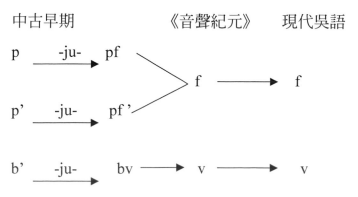

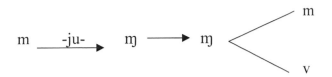

因此，《音聲紀元》所反映出的非敷合流，非奉分立現象，反映的可能是官話系統中古後期的存古現象，或是吳語從中古到現代的過渡。

第三節　聲母分論

　　由於《音聲紀元》所使用的聲數不一，其中〈前譜表〉聲數多達六十六個，〈後譜表〉裡所使用的聲數又沿襲舊制。然而，本章第一、二節裡，不但將二者之間作一比較及聯繫，也同時將〈前譜表〉與中古聲母作一比較，找出其中規律。而究竟吳氏書中所擁有的聲母有多少個？是這一節所關注的問題。

　　關於現代音系學歸併音韻地位的原則，趙元任（1968：27～39）曾經提出三個必要原則：相似性、對補性、系統性；以及三個附屬原則：音韻地位數以少爲貴、合乎「土人感」、與歷時的音韻吻合。由於《音聲紀元》的聲數多於三十六字母，又因等第、介音分別聲母，且根據材料分析得知書中所反映的語音現象並不單純，因此，以下在統計聲數過程裡，將進行層次性的合併說明。其方法如下：首先嘗試以「最小對比」來觀察聲母，將毫無疑義的聲母進行分合後，再根據上文所反映的語音現象，將繁複部分依條件進行處理。

　　此處的分合雖然涉及不同方言與語言特性，而這套聲母系統即便是吳繼仕意欲架構的，就如同薛鳳生（1992：14）所言：

　　　　眞正完善的音系，應是「語感」的最佳表現，也可以說，音韻地位
　　　　分析的目的就是描述說某一種語言的人群的共同語感，及他們對語
　　　　音的直覺反應方式。

因此，筆者以架構這套虛擬聲母系統爲初衷。或許，這樣的音系呈現方式會引來質疑，以爲這種從合不從分的方式，將失去音韻學研究的意義，事實不然。

　　在筆者的分析過程裡所反映的語音現象，發現此音系的性質並未能離析出單一核心音系，乃是屬於多核音系，[註17] 若硬是分成兩個層次，或許擬構

────────────────

〔註17〕陳貴麟（1996：220）裡對於所詮釋的地方韻圖，理論上分成單核、多核及無核三

出兩套聲母，而筆者也不禁反問：薄弱的幾種語音現象，如 A 與 B 有「些許相似」，是否能證明 A 即為 B 的前身？因此，筆者決定客觀呈現原貌。所以，此處沒有將聲母系統做出層次上的釐清，僅只先根據其混用條件，將客觀事實陳述出來；如此的處理並非規避問題，實是另有目的。首先分為五組說明，每一小類基本上代表一種聲母，又為了能省去因等第造成對應過程之瑣碎，並將三十六聲母改為四十一聲類，體例則如同「和（六十六聲）→匣母（四十一聲類）」。

壹　喉音：和文黃容玄溫恩因轟亨興王

首先，在第一層次的合併，有以下幾種情形：

1. 「和」、「黃」、「玄」合併→匣母

2. 「文」→微母

3. 「容」→喻母（零聲母）

4. 「王」→喻母（另包括疑母一部份、匣母、為母）

「容」聲收有喻母、為母、疑母部分，而「王」聲反映出「喻三、疑、匣」混用，這些混用的字並找不出規律可說明其中互補或對立現象。也就是說在吳氏的語言裡，既有官話喻為疑不分，又有與吳方言喻匣合一的情形出現，可見他對這些音是混而不分的。本文是要將吳氏書中的聲母系統架構成形，而事實上二者最後的音讀並不相同，故分列為二。

5. 「溫」、「恩」、「因」合併→影母

6. 「轟」、「亨」、「興」合併→曉母

根據合併結果應有「匣」、「微」、「喻」、「影」、「曉」五母，然而，在頁 83～85 表格以及聲母歸屬討論時發現：利用「最小對比」處理，以第 5 與第 3 類皆有影母，則將 5 併入，這組聲母有匣、喻、微、曉四類。

種類型。又將效力範圍以內的基礎方言稱之為核心方言，其它的基礎方言所滲入的語言成核心音系有何不同？陳氏也有進一步的說明，「基礎音系」的概念是指韻圖中單一或某個音系的結構基礎；而「核心音系」的概念是指韻圖當中單一或某個音系的結構基礎。

貳　齒音：從根錫隨生精尊之清琤初全

1. 從、全→從母

「從」聲用以表示從母一等，「全」聲則表示從母四等，此乃聲介合母現象，宜併為同一音韻地位。

2. 根→床母（另包括澄母）

從「根」聲對應中古的床、澄二母現象，這組字所呈現的是官話知莊照合流的情形，因此，是澄母向床母靠攏。

3. 錫、隨→邪母

4. 生→疏母

5. 精、尊→精母

「精」聲用以表示精母四等，「尊」聲則表示精母一等，此乃聲介合母現象，宜併為同一音韻地位。

6. 之→莊母（另包括照母）

與「之」聲相對應的中古聲母為「莊」、「照」二母，從這個現象來看，若莊照混用，則顯示此種表現符合官話的音變規律，也就是照母字併入莊母並改讀之。

7. 清、琤→清母

「清」聲用以表示清母四等，「琤」聲則表示清母一等，此乃聲介合母現象，宜併為同一音韻地位。

8. 初→初母

這組聲母較清楚，根據以上的系聯共可分為「從、床、邪、疏、精、莊、清、初」八組。

參　牙音：共乾吾昂迎光根斤坤鏗輕葵

1. 共、乾、葵→群母

2. 吾、昂→疑母

3. 迎→娘母（其中包括疑母部分、泥母、娘母）

這組聲母對應中古的疑、泥、娘母，再與韻母部分比較可以發現專與齊口

呼及撮口呼相配，之後演變成娘母。其條件如下：

ŋ、n、ȵ →ȵ / i、y

4. 光、根、斤→見母

5. 坤、鏗、輕→溪母

這組分出見、溪、群、疑、娘五母。

肆　舌音：同成寧能人丁敦知天通稱庭

1. 同、庭→定母

2. 成→澄母

3. 寧、能→泥母、娘母

寧、能二聲從聲目來看有介音之別，然而，就其中所填例字而言，對於泥、娘二母的安排皆是混用不分，此處的泥娘母有別於上一組的疑、泥、娘相混情形，是官話的語音現象，二者相混合為泥母。由於上一組泥、娘、疑母相混是在齊、撮口呼才出現，因此，與這個現象有別，暫不合併。

4. 人→日母

5. 丁、敦→端母

「丁」聲用以表示端母四等，「敦」聲表示端母一等，此處討論聲母，不分等第，故併為同一音韻地位。

6. 知→莊母（應包括知母、照母）

7. 天、通→透母

8. 稱→初母（應包括徹、穿）

「稱」聲就其內涵來說，應指徹母與穿母，這項合併並不能看出符合官話的知莊照或是類似吳方言的知照合一，然而，上文已說過，討論聲母的結構時並不將音系來源考慮進去，所以，根據大原則來系聯，則被「初母」所含括。

以上這組聲母經過第一次系聯共呈現八類，然而，（1）「成」聲所對應的澄母，同於第三組的「棖」聲；（2）「知」聲所對應的知、照二母，依據本文的合併原則，則暫以「莊母」代替，並與第三組的「之」聲合併；（3）「稱」聲所對應的初母，上文已解釋過其內涵為徹、穿二母，又與第三組的「初」聲合併。

因此，這組所增加的聲母有「定、日、端、透、泥」五母。

伍　唇音：蓬逢明萌微冰賁分披丕非平

1. 蓬、平→並母

2. 逢→奉母

3. 明、萌→明母

其中「明」聲用以表示明母三、四等，「萌」聲表示明母一、二等，此處將其併爲同一音韻地位。

4. 微→微母

5. 冰、賁→幫母

「冰」聲用以表示幫母三、四等，「賁」聲表示幫母一、二等，此處將其併爲同一音韻地位。

6. 分、非→非（另包括敷母）

這裡要說明的是「非」聲含括中古非、敷二母，「分」聲則僅只非母獨用，雖使用有別，也並非反映語音現象殊異；且非敷合流在官話及吳方言現象均同，將二者合爲同一音韻地位。

7. 披、丕→滂母

這組聲母在第一層次的系聯時，共分爲七類，其中第 4 與第一組「文」聲所對應的微母相同，故這組共有「幫、滂、並、明、非、奉」六組。

陸　其他：雷靈嵩星神聲

1. 雷、靈→來母

「雷」聲用以表示來母一等，「靈」聲表示來母三等，此處將其併爲同一音韻地位。

2. 嵩、星→心母

「嵩」聲用以表示心母一等，「星」聲表示心母四等，此處將其併爲同一音韻地位。

3. 神→床母（應包括神、禪）

此處應對應神、禪二母，以神母爲聲目；又因知莊照合流，因而以床母爲

目。

4. 聲→疏（應為審母）

此處對應審母，又莊照合流，因而以疏母為目。

因此，這組共系聯出「來、心、床、疏」四母，又「床、疏」二母與上文合併，實僅有「來、心」二母。

究竟吳繼仕書中的聲數應該有幾個？學者說法並不相同，林平和（1975：115）分析出其中有：（1）「共」聲形同虛設；（2）「寧」、「能」兼收泥、娘二母；（3）非、敷二母合併；（4）知、照系不分。李新魁（1983）歸納出一套聲母系統，共設有 32 聲母，較傳統 36 聲母少了「知徹澄娘」四母，李氏早期說法或嫌簡略，經過多年研究之後，又於（1993：483～484）提到吳氏〈前譜表〉聲母時說：

> 這六十母中有不少是聲介合母，若不計介音，實只有三十二聲類。
> 其中保存全濁音；照三字或與知組排在徵（舌）音，或與照二排在
> 商（齒）音；宮（喉）音影母獨立，而喻母則與匣母、來母相混，
> 分為兩母，並夾雜有日母、微母字；保存疑母，而雜入娘母。這大
> 概是吳氏方言的反映。

如同李氏所言，《音聲紀元》聲母歸屬的正常現象裡，並未發現「濁音清化」現象；照三或與知並列，或與莊同用，即文中討論知莊照的混用情形，只是李氏並未說明之間的殊異及層次性；而喻、匣相混上文已討論過；與來、日、微相雜的說法，由於筆者已有詳細的論證，也並未發現這樣的例子，李氏更沒有舉例說明，筆者無法做出反駁，疑母、與娘母的關係，應再加上泥母的混同會更為合理，此說宜作「娘母歸入疑母」。耿振生（1992：204）則併為三十個，依其標目及擬音，與李氏前說相較之下，則減少「日、敷」二母，筆者所歸結出的語音現象與聲數與這些學者說法皆有所殊異。我們必須認清一個事實，即是吳繼仕意欲建構的是天地之間兼賅之音，筆者已於前文說明不分語音現象來源的原因，若僅只現象單就語音現象來歸併音韻地位，則可以得出以下的聲母系統，共計有 30 個：〔註18〕

〔註18〕將《音聲紀元》的聲母系統以中古聲類為標目的原因，一是為了取代《紀元》裡
繁複的聲母，以便說明。二是為了能完全呈顯我們所整理出的簡明系統；三是由
於此系統乃是虛構性質，以中古聲類為目，有助於對音值的掌握。

唇音	幫、滂、並、明
	非、奉、微
齒頭音	精、清、從、心、邪
齒音	莊、初、床、疏、娘、日
舌音	端、透、定、泥、來
牙音	見、溪、群、疑
喉音	曉、匣、喻

　　本文所擬構的聲母系統同時具有真假成分，它並不隸屬任何單一音系，也不能充分貼切明代萬曆年間的語言現象，然而，它的價值在於能忠實呈現《音聲紀元》一書中吳繼仕企圖建構的天地音聲之元。至於書中的音系層次則至於第六章音系的論定時進行討論。

第四節　聲母音值擬測

　　關於《音聲紀元》的聲母系統，耿振生（1992）與李新魁（1983）、（1993）都有歸納出各自一套說法，李新魁共設有 32 聲母，前後說法不盡相同，並未對其音值做出擬測；耿振生則歸併為 30 聲母較李氏又少「日、敷」二母，並擬出一套音值。由於《音聲紀元》的創作動機即是為了記錄天地音聲，再加上比附因素，根本無法呈現實際單一語音架構，這點在前面文章裡已經說得十分清楚，因此，除了盡可能地呈顯其中語音現象之外，只能根據其著書目的，將《音聲紀元》的聲母擬定為 30 個。

　　然而，這一套聲母所呈現的是並不是實際語音，也不代表某一音系，這是必須強調的。這套聲母系統是虛構語音，裡頭含雜不同時空（「不同時間」指「映今、存古」，「不同空間」指地域方音殊異）的語音現象，也有為了湊數而虛設之聲（如：存古現象）。即使如此，筆者仍然為其擬音，並於擬音同時，說明其中音值代表區域及讀音為何，以其做出清楚離析。根據本節前文所推得的語音現象，可知《音聲紀元》聲母系統與官話、吳方言較為相似，以下擬音則依據這兩個地區為主要參考，並做出聲清。〔註19〕

　　　　　　　　　　　　　　　　　

〔註19〕此處擬音參考乃依據《漢語方音字匯》及《漢語方言概要》二書，官話地區以北

壹 脣音：幫、滂、並、明、非、奉、微

在這組聲母裡，有幾點是要先說明的：

1. 這組聲母裡，與官話與吳方言相較：官話裡存有的聲母為「幫、滂、明、非」，吳方言有「幫、滂、並、明、非、微」，可見僅有「奉母」是則隸於吳語過渡時期或官話存古音類。

2. 官話裡頭已經產生濁音清化現象，吳方言則仍保存。

3. 擬音時，官話與吳方言有些許差異，因為吳方言在清塞音聲母 p、p'、t、t'、k、k' 發音時破裂性較強。全濁聲母發音時帶有不很強的濁氣流，是濁音濁流。次濁聲母陽調字發音時帶有濁氣流，陰調字（極少）則音節開頭帶有輕微的喉頭閉塞成分，也不帶濁氣流。〔註20〕

在《音聲紀元》裡，賁聲、冰聲屬於幫母字，而幫母字在現代官話及吳方言都讀作[p]；《音聲紀元》披、丕二聲屬於滂母字，滂母字都念作[p']；《音聲紀元》蓬、平二聲屬於並母字，並母字在官話地區因為清化因素已讀同幫、滂，此處《紀元》則應讀同蘇州、溫州作[b]；《音聲紀元》以萌明二聲表示明母，明母字在現代方言中，幾乎都讀作[m]。

《音聲紀元》裡，反映「非敷合流、非奉分立、微母獨立」現象。書中的分、非二聲屬於非、敷二母，官話及蘇州、溫州皆讀作[f]；《音聲紀元》逢聲屬於奉母，奉母字於官話地區濁音清化而併入[f]，蘇州、溫州大部分字讀作[v]，亦有少數讀作[f]、[ɦ]（如「福」、「輔」、「富」、「副」、「番」讀作[f]，「罰」、「防」、「房」溫州讀作[ɦ]），《音聲紀元》文、微二聲屬於微母，在大多數的北方話裡讀作零聲母，在西安、太原、蘇州、溫州多數讀作[v]，在《音聲紀元》裡微母是一個獨立的聲母，有別於奉母，且於前文已證明微母應屬存古現象，與當時官話、吳方言均不相合，故擬作[ɱ]，耿氏擬作[ʋ]。

由以上的討論，《音聲紀元》之脣音聲母，其音值如下：

幫（賁冰）p　　滂（批丕）p'　　並（蓬平）b'　　明（萌明）m
非（分非）f　　奉（逢）v　　　微（文、微）ɱ

京、濟南、西安、太原、武漢、成都、合肥、揚州等地為參考點，吳方言以蘇州、溫州為參考點。

〔註20〕北大中文系教研室等編（1962：21，23）。

貳 齒頭音：精、清、從、心、邪

精系聲母就北方官話來說，由於濁音清化使得僅存有精清心三類；就吳方言來說，精系字最終與莊系字合流，仍保存濁音。在《音聲紀元》裡鮮少與其他組聲母相混用，且保持濁音，皆屬獨立音韻地位，不可簡併。《音聲紀元》裡「尊、精」聲屬於精母，「清、琤」聲屬於清母，「從、全」聲屬於從母，「星、嵩」聲屬於心母，「餳、隨」聲屬於邪母。精母和清母字在現代官話裡讀作舌尖音，而分別擬作[ts]、[ts']。

從、邪二母在現代官話裡已經分別清化，依其條件讀入精、清、心；吳方言則從邪不分，蘇州、溫州多讀作[z]，然而，二者經過對比之後，確定於《音聲紀元》裡皆為獨立音韻地位，不可簡併，皆不合於當時語音現象，故以為此乃存古現象，屬虛設音韻地位。此處將從母擬作[dz']，若依據官話演變，則為[dz']→[ts]、[ts']、[tɕ]、[tɕ']；若依吳方言演變則為[dz']→[z]。將邪母擬作[z]，若依官話演變，則為[z]→[s]、[ɕ]；若依吳方言演變，今仍讀作[z]。心母於現代官話、吳方言皆讀作[s]。

由以上的討論，《音聲紀元》之齒頭音聲母，其音值如下：

精（精尊）ts　　清（琤清）ts'　　從（從全）dz'
心（星嵩）s　　邪（餳、隨）z

參 齒音：莊、初、床、疏、娘、日

關於知莊照聲母音值，是本文較為繁複的問題。[註21] 由於《音聲紀元》多數情形是知二與莊、知三與照混用，此外「之」聲裡知莊照混用雖僅有一圖，而「之」聲裡卻同時收有莊照二組字，在歸納聲數之際，所建構的是書中系統，因此所呈現的聲母，凡是無對立音韻地位即合併為一，莊照即是這種情形。

若從官話角度出發，這組字則如同李行杰（1994：38～46）說法，以為從中古到近代，知莊照三系二分開始於宋，完成於元《中原音韻》之際。中古的莊系吸收知系二等、知三、照系的一部份字，音值從舌葉音[tʃ]變成舌尖後音

〔註21〕由於本文對於知莊照合流情形並無法百分之百地掌握，況且從《切韻》系統的聲母擬定，各家說法亦有殊異，此處的擬音除了參照現代方言資料，亦以陳新雄（1984）、麥耘（1991：2）、竺家寧（1992）等文章，以求能周全諸家說法及語音演變的周全性。

[tʂ]，照系和知三的一部份字，因開合口的關係而獨立，音值由舌面前音[tɕ]變成舌葉音[tʃ]。至於其中知系的變化，是先由舌面前塞音[t]變爲舌面前塞擦音[tɕ]，再由舌面前音分化爲舌尖後音[tʂ]和舌葉音[tʃ]。《音聲紀元》這組聲母與官話演變現象的不同，在於濁音並無清化現象，其音值擬定如下：

　　莊（之知）tʃ　　初（稱初）tʃ'　　床（根神床神）dʒ'　疏（生聲）ʃ

　　若從吳方言角度出發，則本文應有莊照兩組聲母，其一照系與知三合流，其二莊系與知二合流後，再與精系混同。耿振生（1992：204）認爲《音聲紀元》乃是反映當時吳方言，在歸併齒音聲母時，則以「照 tʂ、穿 tʂ'、床 dʐ、審 ʂ、禪 z」爲其音值，筆者以爲耿氏疏漏神禪不分現象，且無法解釋合流現象，今依據陳新雄（1984：197～247）對《廣韻》音值的擬定，以爲其音值宜作爲：

　　照 tɕ　　　　穿 tɕ'　　　　神 dʑ'　　　　審 ɕ

　　在《音聲紀元》裡，「人」聲屬於日母；而中古日母字在現代官話，除了部分止攝開三（如「而」、「爾」、「二」）字讀爲零聲母，多數念作舌尖後濁擦音[z]。關於日母的擬音，首先可以確定的是：在〈前譜表・圖十六〉「而耳二」並未改作零聲母，可見此處日母僅有一種讀法。從發音部位及語音變化規律來看，日母與照系字關係密切，既然此時照系字並未變爲[tʂ]、[tʂ']、[ʂ]，可見此時的日母不可能是[z]，宜與照系對應作舌面鼻音[ɲ]。〔註22〕然而《音聲紀元》書中娘、日有別，將日母擬作[nʑ]，屬於舌面鼻音兼摩擦。

肆　舌音：端、透、定、泥、來

　　《音聲紀元》裡「敦、丁」聲屬於端母，端母字在現代官話及吳方言區大多讀[t]；《音聲紀元》裡「通、天」聲屬於透母，透母字在現代官話及吳方言區都讀[t']；《音聲紀元》裡「同、庭」聲屬於全濁聲母定母，定母字在官話地區都已經清化了，依平仄分別讀作透、端二母，蘇州、溫州念作[d']；《音聲紀元》裡「寧」聲屬於「泥」、「娘」二母，在現代方言裡泥、娘母也看不出來有何不同，北京、鄭州、昆明都有泥娘不分的現象，且讀作舌尖鼻音[n]，蘇州、溫州也讀如[n]；《音聲紀元》「雷、靈」聲屬於來母，在語音演變過程裡，來母字的

〔註22〕袁家驊（1989：71）提到：「年、女、讓、而、耳、二等字，於吳方言皆作舌面鼻音。」

變化並不多，皆讀作[l]，現代方言裡多數念[l]，此外有些[n]、[l]不分的地區，如武漢、成都、合肥將來母讀作[n]，故此處擬作[l]。

由以上的討論，《音聲紀元》的舌音聲母，其音值如下：

端（敦丁）t　　透（通天）t'　　定（同庭）d'　　泥（寧）n
來（雷靈）l

伍　牙音：見、溪、群、疑、曉、匣

《音聲紀元》裡「光、根、斤」聲屬於見母，「坤、鏗、輕」聲屬於溪母，見母和溪母字在現代北方官話裡讀作舌根音，但是與細音韻母相配時則顎化爲舌面前音，《音聲紀元》時仍未發生顎化作用，故不擬作[tɕ]系，而分別擬作[k]、[k']。《音聲紀元》裡「共、乾、葵」聲屬於全濁聲母群母，群母字在官話地區都已經清化了，依平仄分別與溪、見二母演化情形相同，蘇州、溫州念作[g']；《音聲紀元》裡「吾、昂、迎」聲屬於疑母，其中，「迎」聲有泥、娘合口齊、撮口呼混入，除零聲母部分之外讀若[ȵ]。

《音聲紀元》「轟、亨、興」聲屬於曉母，中古曉母在現代方言裡，細音多產生顎化作用，洪音讀如與中古相同。此處若依據官話則將其擬作[x]，若依吳方言則擬作[h]，耿氏亦作此，就袁家驊（1989：71）說法，則二者差別在於「發音部位前後不同」而已，對於曉母於《音聲紀元》的地位毫無影響。匣母在《音聲紀元》時，仍爲獨立存在之音位，屬於濁音濁流，依據吳方言現象則擬作[ɦ]，耿氏看法亦同。

由以上的討論，《音聲紀元》之牙音聲母，其音值如下：

見（光斤根）k　溪（坤鏗輕）k'　　群（共乾葵）g'　疑（吾昂迎）ŋ
曉（轟亨興）x（h）　　　　　　匣（和黃玄）ɦ

陸　喉音：喻

此處所指的「喻母」就北方官話來說，則包括了中古「喻、爲、影、疑母（部分）」，也就是涵蓋了《音聲紀元》裡「溫、恩、因、和、黃、玄、容」聲，上文已經說過，這些聲母都讀作喻母（即零聲母）。然而，這些聲母並不是一下子同時變成零聲母的，竺家寧（1992：451）將其演變過程分爲三個階段，情況如下：

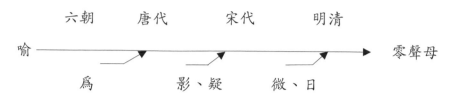

然而，就《音聲紀元》所反映的匣喻爲合一、疑母部分字讀入喻母現象，則類似於吳方言，現代蘇州、溫州多讀作[ɦ]、[v]。而[v]與奉母同音，[ɦ]作匣母音讀，而將喻母作[ø]。

第五章 《音聲紀元》的韻母及聲調系統

第一節 韻母概說

　　〈前譜表〉與〈後譜表〉的韻母系統，名目同為二十四，然而其中的排列及內容卻有所不同。在這一節裡，筆者將前後譜表韻目內容進行比較，這是為了顯現書中圖表的單一性，證明吳氏「互為體用」的觀點，也為韻母系統能有統整後的完整面貌，免於雜亂之弊；其次，則將兩個圖表與《五音集韻》及《經史正音切韻指南》比較，將二者韻目內容作一呈現；最後，才進而依據吳氏書中對韻母的安排，探討其中反映的語音現象，並依其條件進行分合，以求得書中實際韻母系統。

第一節 韻母概說

　　〈前譜表〉與〈後譜表〉在聲韻母部分的安排都不相同，筆者已於第一節裡將聲母相關問題作一釐清，將書中兩套聲母作一聯繫，並觀察其中語音現象之大勢。然而，就韻母部分來看，前後譜表所列出的韻數是同為二十四的，就其蘊含內容進行比較，可以得知〈前譜表〉是以「韻部」來排列，將《五音集韻》裡，主要元音與韻尾相同之數韻置於同圖；〈後譜表〉則是以「攝」、「開合」觀念呈現，將主要元音相近、韻尾相同者置於同圖，再依開合分別相對，且二者在排列次第也有所出入，這些都是這一部份要說明的問題。

　　然而，首先必須確定的前提是：前後譜表實為同一系統。關於這個問題，除了內容比對以尋求肯定答案之外，吳繼仕也有所說明：

兹復爲〈十二律開闔表〉者何？蓋造化之理，縱橫不齊，故圖亦參
互交錯，上下反對，猶陰陽動靜之互相爲根。譬如一磨，必兩齒上
下不齊，然後乃能碎物。若上下均齊，則不成造化矣。但〈前譜〉
無重出，而〈後譜〉則間有重複，雖各自爲調而其實一也。(《音聲
紀元・卷之五・後譜表》)

從這段話裡頭，可以確定作者創作意圖是以爲前後譜表的所呈現的語音系統是
同一套。林平和在（1975：177）《明代等韻學之研究》的研究，是以〈後譜表〉
爲基準，與〈前譜表〉進行韻目的比對，藉以闡明吳氏在書中「互爲體用」之
理。除此之外，並將前後譜表與《洪武正韻》韻目作一簡要比對，使得二者關
係得以聯繫。首先將林氏比對結果迻錄如下：

〈後譜表〉	〈前譜表〉		《洪武正韻》
陽	7 陽養漾藥	陽通江	陽養漾藥
	9 光廣榥郭	江通陽	
歌	10 呵火貨欱	歌	歌哿箇
灰皆	6 開凱愷客	皆通牙佳	皆解泰
	20 吹水位國	灰通熙吶	灰賄隊
麻	8 牙雅迓軋	佳通皆	麻馬禡
	12 華瓦化豁	麻通些車	
	14 些寫卸節	遮通麻	遮者蔗
魚模	22 呼虎嚄忽	模通呴魚	模姥暮
	24 呴許煦旭	魚虞通呼模	魚語御
東冬	11 空孔控酷	東冬	東董送屋
支	16 吶史四式	支通熙吹	支紙寘
眞侵	3 云允運聿 元文通眞		眞軫震質
	5 因引印乙 眞文通元		
	19 陰飲蔭邑 侵		侵寑沁緝
齊	4 熙喜戲汽齊微通吶吹		齊薺霽
寒山先覃鹽	1 涓卷眷決 元寒通山先		寒旱翰曷
	15 嘽坦歎撻 山通先元		山產諫轄
	17 堅蹇見結 先通山元		先銑霰屑
	21 緘減鑑甲 咸通覃		鹽琰豔葉
	23 含頷撼合 覃通咸		覃感勘合

蕭肴尤	2 交絞叫覺　豪蕭嶨 18 收守狩宿　尤	蕭篠嘯 爻巧效 尤有宥
庚	13 庚耿更革　庚青蒸	庚梗敬陌

林氏提出《音聲紀元・前譜表》的二十四韻部，與《洪武正韻》相較之下，則是〈前譜表〉將「皆、灰二韻為『皆灰』韻，併麻、遮二韻為『麻遮』韻，併魚、模二韻為『魚模』韻，併眞、侵二韻為『眞侵』韻，併寒、山、元、鹽、覃五韻為『寒山先覃鹽』韻，併蕭、爻、尤三韻為『蕭肴尤』韻。」這個現象顯現出閉口韻完全消失、數韻同入的情形，其餘部分則僅是歸類標準殊異而產生的現象。

第二節　韻母之比較

　　既然確定前後譜表之間關係，也將二者韻目作一對應系聯。接下則是分別將〈前譜表〉、〈後譜表〉與《五音集韻》、《切韻指南》進行韻目的比對，以確實還原《音聲紀元》兩個圖表之面貌，並找出語音變化現象，是這一部分首先要進行的。

　　《音聲紀元・前譜表》裡共分有二十四圖，依其名目試以表格簡要羅列於下：

圖次（卦次）	首格韻目	末格韻目	仄聲入韻
艮一	涓卷睠決	元寒通山先	痕刪
寅二	交絞叫覺	豪蕭嶨	江光
甲三	云允運聿	元文通眞	呴魚
卯四	熙喜戲汽	齊微通啊吹	因眞文
乙五	因引印乙	眞文通元	熙微
辰六	開凱愷客	皆通牙佳	庚青蒸
巽七	陽養漾藥	陽通江	交蕭
己八	牙雅迓軋	佳通皆	咸
丙九	光廣榥郭	江通陽	華麻
午十	呵火貨欲	歌	含
丁十一	空孔控酷	東多	呼模
未十二	華瓦化豁	麻通些車	嘽山

坤十三	庚耿更革	庚青蒸	吹灰
申十四	些寫卸節	遮通麻	先
庚十五	嘽坦歉撻	山通先元	牙佳
酉十六	呭史四式	支通熙吹	庚青蒸
辛十七	堅蹇見結	先通山元	寫車
戌十八	收守狩宿	尤	東空
乾十九	陰飲蔭邑	侵	熙微
亥廿	吹水位國	灰通熙呭	庚清蒸
壬廿一	緘減鑑甲	咸通覃	牙佳
子廿二	呼虎嘑忽	模通呴魚	眞文
癸廿三	含頷撼合	覃通咸	呵歌
丑廿四	呴許煦旭	魚虞通呼模	東空

在第三章第二節部分，筆者以〈前譜表〉裡所列出的歸字爲依據，逐字塡入音切，以歸字在〈前譜表〉裡的音韻地位分別與《廣韻》、《五音集韻》聲、韻、調條件進行比較，並且得出「《五音集韻》與〈前譜表〉具有相當程度的符合，以爲可作爲研究之基點」。得出這樣的結論之後，筆者認爲二者之間在細部的歸字方面既然具有密切的關係，就能再進一步地歸納二者在韻部分合上有何異同。〈後譜表〉不論是在形制後譜表或歸字及其音韻地位都與劉鑑《經史正音切韻指南》有密切關係，因而判斷〈前譜表〉乃是以《切韻指南》爲藍本，再增益個人意見而成的，因此，其中內容有同有異，就其相異之處有二：

一、用字不同

除了形制相近之外，這亦是筆者推判二者關係密切的原因。〈前譜表〉所用歸字若與《切韻指南》不同，多可依據《五音集韻》中同音字進行替代。

二、韻攝安排不同

〈後譜表〉與《切韻指南》皆分爲24圖，然而排列順序及韻攝安排並不相同。

既然已從體制、內容方面證實〈後譜表〉與《切韻指南》關係，即便可以藉由韻攝的比對，觀察吳繼仕在韻攝、開合的安排有何改變，首先將〈後譜表〉各圖內容依次排列，並與《切韻指南》韻攝進行比對，試以表列簡述如下：

《音聲紀元·後譜表》				《經史正音切韻指南》
1	黃鍾	開	陽	江	江攝、宕攝（陽韻）
2		闔			江攝、宕攝（陽韻）
3	大呂	開	歌	麻	果攝
4		闔			果攝
5	太簇	開	灰皆	支	蟹攝（一二三等）
6		闔			蟹攝（一二三等）
7	夾鍾	開	麻遮	歌	假攝
8		闔			假攝
9	姑洗	開	魚模	虞	遇攝
10		闔			遇攝
11	仲呂	開	東冬		通攝
12		闔			通攝
13	蕤賓	開	支	微齊灰轉咍佳	止攝
14		闔			止攝
15	林鍾	開	眞侵	庚青蒸殷痕文元	臻攝、深攝
16		闔			臻攝
17	夷則	開	齊	支	蟹攝四等
18		闔			蟹攝四等
19	南呂	開	寒山先覃鹽		山攝、咸攝
20		闔			山攝、咸攝
21	無射	開	蕭肴尤		效攝
22		闔			流攝
23	應鍾	開	庚	蒸庚青	曾攝、梗攝
24		闔			曾攝、梗攝

　　〈後譜表〉分二十四圖，括之爲通、宕、止、遇、蟹、臻、山、效、果、假、曾、流十二攝（江附宕、深附臻、咸附山、梗附曾，若分圖論之，則共有十六攝）。前後譜表既然互爲體用，又分別與《五音集韻》、《切韻指南》有密切關係；爲了將所有材料以立體式架構呈現，筆者以《切韻指南》的十六攝爲提綱，在每一攝裡找出所對應的〈後譜表〉圖攝及〈前譜表〉韻部，並以此觀察吳繼仕這套系統在韻攝、韻部到韻類的分合之處。（以下討論之際，所列韻目皆舉平以賅上去）

一、通　攝

以《切韻指南》的通攝為出發點，觀察前後譜表，簡單比對之後，首先將所包含的圖次、韻目列出如下：

	圖　次	韻目內容（首格/末格）	備　註
〈前譜表〉	圖 11	空孔控酷/東冬	
〈後譜表〉	圖 11（開）、圖 12（闔）	東冬	

通攝對應於〈後譜表〉圖 11、12，與《切韻指南》的安排有所不同。通攝包括開口東韻、合口冬、鍾二韻，歷來韻圖在安排上有所殊異：《切韻指南》、《四聲等子》對於韻圖體制的編排皆以「韻攝」觀念呈現，「通攝」於二書裡皆不分開闔，僅以一圖表示；然而，以「轉次」分圖的《七音略》、《韻鏡》則依開闔為二圖，這是中古兩類韻圖的殊異處之一。

在〈後譜表〉裡雖然並未論及編制依據，根據觀察結果可得知，與《切韻指南》大致相同，並以「攝」的觀念表示；除此之外，〈後譜表〉對於通攝的處理是將其分為開闔，有別於《切韻指南》，可見吳氏的作法應是參考其他韻圖、加以更定使然。對於通攝的處理，可以說是吳氏對《指南》音理更為「精準」地反映，也是對於早期韻圖形制的改良之一。

通攝對應於〈前譜表〉圖 11 東冬韻，在此韻圖裡，包含《五音集韻》「東、冬、鍾」韻字，並與入聲「屋、沃、燭」韻相承。其中多數韻字依據「東屋、冬沃、鍾燭」規律相承；然而，如「從」、「成」、「逢」、「因」聲裡，以鍾韻與入聲屋韻相承，「乾」、「容」聲裡以東韻與燭韻相承。〈前譜表〉以「韻部」觀念為大前提分圖、填字，因此，四聲相承仍沿襲舊制，部分歸字的混用現象，應為「韻攝」觀念影響。

通攝入聲包括有《五音集韻》屋、沃、燭三韻，同與圖 11、18、24 相配，屋與冬、尤、魚韻相配，沃與冬相配，燭韻與鍾、侯、虞相配，此乃數韻同入現象。

二、江　攝

以《切韻指南》的江攝為出發點，觀察前後譜表，簡單比對之後，首先將所包含的圖次、韻目列出如下：

	圖　次	韻目內容（首格/末格）	備　註
〈前譜表〉	圖 9 之半〔註1〕	光廣榥郭/江通〔註2〕陽（部分）	
〈後譜表〉	圖 2 之半（闔）	陽通江	

　　江攝對應於〈前譜表〉圖 9 江韻的部分字，在圖 9 江韻裡，實際包含有《五音集韻》「江、唐、陽」韻字，並與入聲「覺、鐸、藥」韻相承。耿振生（1992：158）認為吳語裡，將宕攝字分成兩韻，三等開口陽韻自成一類，一等唐韻與合三陽韻為一類，並與江攝合流，〈前譜表〉則反映這樣的現象。然而筆者觀察現象，〈後譜表〉並未收唐韻，因而只能保守說吳氏依開闔分圖。

　　其中多數韻字依據「江覺、唐鐸、陽藥」規律相承，然而，如「根」、「生」、「因」聲裡皆以陽韻與入聲藥韻相承，「賁」聲裡以江韻與鐸韻相承。由於〈前譜表〉是以「韻部」觀念分圖，這樣的混用現象，實源於「韻攝」觀念。江攝在〈前譜表‧圖 9〉裡僅見於「容、玄、賁、斤、初、輕」聲，圖中其餘收字均屬陽、唐二韻。江攝入聲有覺韻，分別與圖 9 江韻、圖 2 肴韻相配。

　　江攝對應於〈後譜表〉圖 2 之半，此圖包括江攝、宕攝的陽韻部分。在《切韻指南‧江攝》圖裡，以見系（並未產生顎化現象）、幫非系、曉匣影喻母字為開口，端知系、莊系、來日母為合口，即將開闔口字置於同圖，再以文字標示說明；〈後譜表〉則將江攝分置開闔二圖，〔註3〕分別與宕攝開闔口相配，《四聲等子》之際即將江攝附於宕攝，陳新雄（1974：49）以為《等子》江攝為外轉，宕攝為內轉，此為內外混等現象。

三、止　攝

　　以《切韻指南》的止攝為出發點，觀察前後譜表，簡單比對之後，首先將所包含的圖次、韻目列出如下：

〔註1〕　筆者所指的「圖 9『之半』」，由於圖 9 是以「江」、「宕」二攝組成，故以「半」表示「部分」，以下各攝皆以此表示，不再重述。

〔註2〕　所謂的「通」除了吳繼仕所說的「古韻相通」之外，實際上也反映出當時現象實際語音。就「江通陽」而言，我們發現江攝、宕攝於《四聲等子》裡即便合併為一。

〔註3〕　吳繼仕將江攝於〈後譜表〉分開闔二圖時，將曉匣影喻母字以及來母入聲「犖」置於開口，應為排列疏誤使然。

	圖　次	韻目內容（首格/末格）	備　註
〈前譜表〉	圖 16、 圖 4 之半、 圖 20 之半	呬史四式/支通熙吹 熙喜戲汽齊/微通呬吹 吹水位國/灰通熙呬	
〈後譜表〉	圖 13（開）、14（闔）	支通微齊灰轉咍佳	

止攝字部分與〈前譜表〉圖 16 支韻相對應，在圖 16 支韻裡，包含《五音集韻》「脂」韻字，並與曾攝入聲「德」韻相承。根據其音切系聯，此圖韻類僅有齊齒呼一類。再由其聲母方面觀察，此圖僅收有〈前譜表〉「從、隨、生、尊、之、諍、初、成、人、知、稱、嵩、神、施」，將其聲母還原，這組字則相當於精莊知照系裡的開口三等細音；圖 4 微韻收有《五音集韻》裡「脂（開）、齊（開）、微韻的唇牙喉音」，相當於等韻止攝開三（包括脂、微二韻）、蟹攝開四（齊韻）部分；〔註 4〕並分別與中古梗、曾攝入聲「昔、錫、職」韻相承〔註 5〕。圖 20 灰韻包括《五音集韻》「脂（合）莊系字除外、灰」，相當於等韻止攝合口三等（不分發音部位）、〔註 6〕蟹攝合口四等，與梗、曾攝入聲「陌、德」韻相承。

圖 16 支韻所收的舌尖韻母即爲現今國語的[ï]，關於[ï]的來源，在《古今韻會舉要》所注的「貲字母韻」，算是第一個專爲舌尖韻母所設的韻，《中原音韻》則又將此韻部獨立爲「支思」韻，有別於齊微韻（未變[ï]的字留在齊微韻，而未歸入支思韻）；在〈前譜表〉裡，圖 16 舌尖韻母支韻與圖 4 微韻、圖 20 灰韻所收的舌面韻母相對立。

然而，[ï]這個音位並不是突然出現於近代音史的，竺家寧（1990：238）提出這是語音史上的「詞彙擴散」（lexical　diffusion）例證，因爲早在邵雍（1011～1077）《皇極經世聲音唱和圖》裡已經將止攝開口精系字列於開類；〔註 7〕其

〔註 4〕 〈前譜表〉未收入蟹攝開三祭、廢二韻。

〔註 5〕 「支」、「之」二韻在《五音集韻》裡是收入脂韻，然而今據《音聲紀元》資料來看，「支」、「之」二韻雖仍入脂韻，然與入聲「職」韻相配。

〔註 6〕 近代音史上，止合三莊系終與蟹合一部份、蟹合二皆佳夬部分合一，讀作[-uai]，《音聲紀元》裡並未反映此現象。

〔註 7〕 竺家寧在〈論皇極經世聲音唱和圖之韻母系統〉一文裡，說明「聲五」所收的止攝開口字裡，一三行爲開，二四行爲合，而精系字於第一行。周祖謨在《問學集·頁 602》有不同看法有，以爲「一」爲「一等」，這兩種看法影響韻值的擬測，也影響舌尖元音的產生年代，此處筆者以竺說爲是。

後，《切韻指掌圖》（1176～1203）將支脂之三韻的精系字從四等地位移至一等，此乃舌面元音受到舌尖前聲母影響，所產生的舌尖化現象；《古今韻會舉要》（1297）裡反映出這類字獨立爲韻，聲母範圍擴大爲精莊二系；《中原音韻》（1324）到《韻略易通》（1442）之間，部分知照系字也加入演化的行列，其範圍愈益擴展；直到（1573～1619）《等韻圖經》之際，將日母的「而、爾、二」等字歸入零聲母裡，才完成現今國語的舌尖韻母音值。而《音聲紀元・前譜表・圖16》所反映出精知莊照系開口細音獨立一圖，日母止攝開三並未失落爲零聲母，這個現象應處於《韻略易通》〔註8〕與《等韻圖經》之間的階段。

　　〈後譜表〉將止攝置於圖13、14，分開闔爲二，爲三等韻；對於三等韻在韻圖中所顯現的借位、重紐，皆能忠於呈現，與《切韻指南》相合。然而，劉鑑於《指南》止攝開口唇音二等位置裡，塡有「陂、彼、皴、被、縻、美」六字，並於下註明「合口呼」三字，在同圖唇音三等裡亦收有這類字，對於劉氏的安排，筆者以爲此乃作者對於唇音開闔不定現象的處理；吳氏則僅置於開口三等處，並未見有重出現象。從這些地方看來，吳氏對於止攝的處理，在〈前譜表〉裡能忠於呈現當時語音現象，反映舌尖韻母的出現；在〈後譜表〉裡，僅是守舊地將此攝放在三等，仍是反映《切韻指南》書中現象。

四、遇　攝

　　以《切韻指南》的遇攝爲出發點，觀察前後譜表，簡單比對之後，首先將所包含的圖次、韻目列出如下：

	圖　次	韻目內容（首格/末格）	備　註
〈前譜表〉	圖22、24	呼虎嘑忽/模通呴魚 呴許煦旭/魚虞通呼模	
〈後譜表〉	圖9（開）、10（闔）	魚模通虞	

　　遇攝對應於〈前譜表〉圖22、24。在圖22「模」韻，包含《五音集韻》裡「魚、虞、模」韻字，並與臻攝入聲「述、物、沒」韻相承；模韻相當於中古等韻遇攝合口一等「模」韻，以及合口三等「魚」、「虞」舌齒音。圖24

〔註8〕　在《韻略易通》裡，國語 ts、ts'、s 的[ï]韻字完全入「支辭」，知照系的[ï]韻字則分散在兩韻裡，然而，所收的知照系字比《中原音韻》多。知照系止攝開三字在《音聲紀元》裡已不分圖，因此，筆者推斷它所反映的語音現象比《易通》更晚。

「魚虞」韻裡包含《五音集韻》「魚、虞」韻與通攝入聲「屋、燭」韻相配，相當於中古等韻遇攝合口三等魚、虞（舌齒音除外），與模韻在《中原音韻》〔註9〕裡共稱爲魚模韻。然而，二者的分韻提供了什麼樣的語音現象呢？經過歸字的比較之後，筆者發現魚虞韻則相當於《中原音韻・魚模韻》的[-iu]，而模韻則相當於裡頭的[-u]韻母，[-iu]爲[-u]的細音，二者於書中呈現互補現象；「分韻」現象則顯示出[-iu]韻母發生改變，無法再與[-u]韻母繼續相配，從語音演化規律解釋，也就是[-iu]由於唇化作用使然，在過程中[-u]失落後仍然保存圓唇性，已經合成[-y]，主要元音與[-u]已大不同，因而分列二圖。

遇攝對應於〈後譜表〉圖 9、10，分別表示開闔，與《切韻指南・遇攝》相較，可見其安排原則是將《指南》所收之字多填入開口（魚、虞、模韻字），再將《指南》未收魚虞同音字填入闔口，若依其條件判斷應屬三等韻，然而吳氏既收爲合口唇牙舌，又改置於二等。

遇攝於《切韻指南》裡是不分開闔的，且魚虞二韻已經不分，〔註 10〕何以《音聲紀元・後譜表》分二圖標示開闔之別？而開闔二圖所列韻字，魚虞二韻是混淆不分的，如此，開闔所呈現的意義又爲何？可從兩個角度來觀察這個現象是否具備語音演變的意義。首先，從韻圖現象進行觀察：遇攝於《韻鏡》分爲圖 11、12 二圖，標目作「內轉第十一開」及「內轉第十二開合」；《七音略》分別作「重中重」、「輕中輕」，於名目上雖分爲二圖，從韻圖歸字觀察，則可以得知分圖的意義，在於將同爲三等韻的魚虞二韻填入圖中，與開合無關。其次，可以從現代方言推敲，根據《漢語方音字匯》的資料呈現，現代方言將遇攝多念作[-u]、[-y]，除了南昌、梅縣部分字讀作[i]，且魚虞不分。從韻圖與現代方言檢視〈後譜表〉遇攝分開闔現象，都無法合理解釋，筆者認爲這應是爲湊數所用，無法反映任何語音現象，故下文擬音之際，不進行處理。同時，將前後譜表進行比較，吾人可以發現：對於三等韻的處理，〈後譜表〉尚未因發音部位殊異而分化，〈前譜表〉則以分圖表示。

〔註9〕 《中原音韻》是反映近代語音史重要語料，研究專著甚多，如趙蔭棠、陳新雄、李新魁、甯忌福，皆爲研究大家，研究重點及成果些有不同。本文與《中原音韻》進行韻目比較之前，會細部對比其中收字的相同性。

〔註10〕 參見姜忠姬（1987：253）。

五、蟹　攝

以《切韻指南》的蟹攝爲出發點，觀察前後譜表，簡單比對之後，首先將所包含的圖次、韻目列出如下：

	圖　次	韻目內容（首格/末格）	備　註
〈前譜表〉	圖 4、6、20	熙喜戲汽齊/微通呬吹 開凱愾客/皆通牙佳 吹水位國/灰通熙呬	收有去聲泰、夬二韻，然而，祭、廢二韻則未收。
〈後譜表〉	圖 5（開）、圖 6（闔） 圖 17（開）、圖 18（闔）	皆灰通支 齊韻通支	祭泰夬廢四韻皆收，與《指南》同。

蟹攝對應於〈前譜表〉圖 4 微韻、圖 6 皆韻、圖 20 灰韻。圖 4 微韻收有《五音集韻》裡「脂（開）、齊（開）、微韻的脣牙喉音」，相當於等韻止攝開三（脂、微二韻）、蟹攝開四（齊韻）部分（祭、癈二韻未收）；並分別與中古梗、曾攝入聲「昔、錫、職」韻相承。圖 6 皆韻收有《五音集韻》裡「皆、咍」韻，相當等韻蟹攝一、二等，分別與曾梗攝入聲「陌、麥、德」韻相承，另包括去聲泰、怪二韻。圖 20 灰韻包括《五音集韻》「脂（合）莊系字除外、灰」，相當於等韻止攝合口三等（不分發音部位）、蟹攝合口一等，與梗、曾攝入聲「陌、德」韻相承。雖以韻目相承方式排列，間有混用情形，筆者認爲〈前譜表〉以「韻部」觀念爲大前提分圖、塡字，因此，四聲相承仍沿襲舊制，部分歸字的混用現象，應爲「韻攝」觀念影響。

蟹攝在《切韻指南》的表現是分爲開闔二圖，且四等具備；對應於〈後譜表〉5、6、17、18 四圖，其中以一二三等置於 5、6 二圖，四等與之分列，並仍分爲開闔二圖，彼此之間毫不混雜。關於這個問題，從中古至近代語音演變的角度來處理，觀察四等的獨立與蟹攝的分合演變是否有關？中古的止、蟹攝是分開的，到了《中原音韻》之際演變爲支思、齊微、皆來三個韻部，[註11] 支思韻是由止攝支脂之三韻分化而出，齊微韻包括止攝大部分和蟹攝一等合口灰泰、三四等祭廢韻字，皆來韻主要來自蟹攝一等開口咍泰、二等皆佳夬韻 [註12] 以及少數止攝莊系字。如此看來，〈後譜表〉的依等分圖現象並無法從語音現象去解釋，可能是吳氏加入己見後再行改作造成。

〔註11〕此三個韻部有一部份來自中古入聲韻，此處暫且不論。

〔註12〕佳夬韻亦有少數轉入家麻韻。

六、臻　攝

以《切韻指南》的臻攝為出發點，觀察前後譜表，簡單比對之後，首先將所包含的圖次、韻目列出如下：

	圖　次	韻目內容（首格/末格）	備　註
〈前譜表〉	圖 3、5	云允運聿/元文通眞 因引印乙/眞文通元	
〈後譜表〉	圖 15 之半（開）、圖 16（闔）	眞侵通庚青蒸殷痕文元（部分）	圖 15 兼收臻深攝字，圖 16 僅收臻攝

臻攝對應於〈前譜表〉圖 3、圖 5，反映出吳氏將《五音集韻》「諄、文、魂」韻依據聲母發音部位殊異而類分為二圖，圖 3 元文韻收有《五音集韻》「諄、文、魂」韻字的舌齒音部分，並分別與入聲「術、物、沒」韻相配，相當於等韻臻攝舌齒音，與圖 5 眞元韻有別。圖 5 眞元韻收有《五音集韻》「眞、文、殷、魂、痕韻的唇牙喉」部分，並與入聲「質、物、迄、沒、沒」韻相承，亦相當等韻臻攝唇牙喉音。其中多數韻字依據相承規律填入各個音位，也有各韻相混用的情形出現，〈前譜表〉以「韻部」觀念為大前提分圖、填字，因此，四聲相承仍沿襲舊制，部分歸字的混用現象，應為「韻攝」觀念影響。臻攝入聲收有《五音集韻》質、術、物、迄、沒五韻，與圖 3、5、22 相配，除了臻攝的相承規律之外，以術、物、沒韻，分別與遇攝魚、虞、模韻相配，此為數韻同入現象。

〈後譜表〉將臻攝置於圖 15、16，與《切韻指南》所反映的現象均同，特別需說明的是，在第 15 圖裡則一改《指南》體例，將臻攝與深攝並列，此乃當時語音-n、-m 不分現象之反映。

七、山　攝

以《切韻指南》的山攝為出發點，觀察前後譜表，簡單比對之後，首先將所包含的圖次、韻目列出如下：

	圖　次	韻目內容（首格/末格）	備　註
〈前譜表〉	圖 1、15、17	涓卷眷決/元寒通山先 嘽坦歎撻/山通先元 堅蹇見結/先通山元	
〈後譜表〉	圖 19 之半（開）、圖 20 之半（闔）	寒山先覃鹽（部分）	

　　山攝對應於〈前譜表〉圖 1、15、17。圖 1 元寒韻收有《五音集韻》「元（合）、寒、桓、山（合）、仙（合）」韻字；又分別與入聲「月（合）、曷、末、鎋（合）、薛（合）」韻相配，相當於等韻山攝一等（包含開合）、二等合口及三四等字合口。圖中大部分歸字以韻部觀念依據排字，皆能規律相承，有「乾」、「輕」聲因聲韻母條件均近，以韻攝觀念排字，而相互混用。在「元寒韻・之聲」裡，以山二的「跧」與仙（開）、薛的「轉囀拙」相承；這種現象在此圖裡僅有一例，山韻屬中古山攝合洪二等，仙韻為合細三等，此乃二三等相混的現象，其中「之」聲確定出在〈前譜表〉裡用以代表莊或照母，這裡也就是莊照合流使得韻母混用的現象。圖 15 山韻收有《五音集韻》「元（合）、寒、山（開）」韻，分別與入聲「月（合）、曷、鎋（開）」韻相承，相當等韻一二等開口、三等合口。圖 17 先韻包括《五音集韻》「元（開）、仙」韻，同配入聲薛韻，相當等韻山攝三四等韻。

　　筆者以為吳氏既分山攝為三，必有其語音實質意義，與近代語音現象作一簡單比對，《中原音韻》時即便將山攝分成三部分，分別為寒山、桓歡、先天，之間絕然不紊。然而，〈前譜表〉所分出的三個韻部裡，除了圖 17 先韻可與「先天」韻對應，元寒韻與山韻在內容上呈現複雜的混用現象。唯一能離析出圖 1 元寒韻收有桓、元（合）、仙（合）韻，多為合口；圖 15 多收開口韻。因此，與《中原音韻》相較，筆者猜測圖 1 元寒韻相當於「桓歡」韻，圖 15 山韻相當「寒山」韻。

　　如果這個假設能夠成立，究竟什麼原因使作者將寒韻二分，又將寒韻字填入多收合口字的元寒韻之內呢？這是所要解決的問題。首先將元寒韻裡所收《五音集韻》寒韻字列出：

小韻	《五音集韻》切語上字	《五音集韻》切語下字	所屬《五音集韻》韻母	聲調	所屬《五音集韻》聲母	原屬聲母	說明編號
寒	胡	安	寒	平	匣	和	1101
旱	胡	笴	旱	上	匣	和	1201
翰	胡	旰	翰	去	匣	和	1301
曷	胡	葛	曷	入	匣	和	1401
豻	俄	寒	寒	平	匣	昂	1118
岸	五	旰	翰	去	疑	和	1318

安	烏	寒	寒	平	影	恩	1131
按	烏	旰	翰	去	影	恩	1331
遏	烏	葛	曷	入	影	恩	1431
干	古	寒	寒	平	見	根	1133
稈	古	旱	旱	上	見	根	1233
幹	古	案	翰	去	見	根	1333
葛	古	達	曷	入	見	根	1433
暵	呼	旱	旱	上	曉	亨	1146
罕	呼	旱	旱	上	曉	亨	1246
漢	呼	旰	翰	去	曉	亨	1346
喝	許	葛	曷	入	曉	亨	1446
刊	苦	寒	寒	平	溪	鏗	1148
侃	空	旱	旱	上	溪	鏗	1248
看	苦	旰	翰	去	溪	鏗	1348
渴	苦	曷	曷	入	溪	鏗	1448

事實顯現：圖1除了收有山攝合口韻字之外，專收寒韻牙喉音。以方言資料觀察，這種現象並不見於官話系統，現代官話山攝寒韻多念作[an]、[æ̃]，然而，在蘇州、溫州二地「安（影）、寒（匣）、罕（曉）、干（見）、刊（溪）」〔註13〕等字念作[ø]、[y]，「丹（端）、灘（透）、難（泥）、蘭（來）、餐〔清〕、殘（從）」多念作[e]、[a]，可見寒韻在這些地區是因聲母發音部位造成韻母讀音不同。如此，筆者認為《音聲紀元》對於山攝語音現象的處理是與現代溫州、蘇州反映的現象是相似的。山攝入聲包括有《五音集韻》「月、曷、末、鎋、薛」，與圖1、8、12、14、15、17相配，除了山攝圖1、15、17的相配規律之外，並與假攝三圖相配。

〈後譜表〉將山攝置於圖19、20，與《切韻指南》所反映的現象均同，特別需說明的是，在韻圖裡吳氏則一改《指南》體例，將山攝與咸攝並列，此乃當時語音-n、-m不分現象之反映。

比較前後譜表所呈現的現象，可以從中發現吳氏時而保持傳統，時而反應實際語音，將其中存古成分剔除，根據筆者的推測，當時語境所呈現的應是：山咸攝韻尾合併，山攝分為三類。

〔註13〕所舉韻字皆出自《音聲紀元》書中，將之與《漢語方音字匯》資料比對而成。

八、效　攝

以《切韻指南》的效攝為出發點，觀察前後譜表，簡單比對之後，首先將所包含的圖次、韻目列出如下：

	圖　次	韻目內容（首格/末格）	備　註
〈前譜表〉	圖 2	交絞叫覺/豪蕭殽	
〈後譜表〉	圖 21（開）	蕭肴尤	圖 21 收效攝，圖 22 收流攝，互為開闔

效攝對應〈前譜表〉圖 2 豪蕭殽，圖中收有《五音集韻》「宵、肴、豪」韻字，並分別與中古江、宕攝入聲「藥、覺、鐸」韻相配，一二三四等俱全（蕭四等已併入宵三等韻）。其中多數韻字依據相承規律填入各個音位，也有各韻相混用的情形出現，〈前譜表〉以「韻部」觀念為大前提分圖、填字，因此，四聲相承仍沿襲舊制，部分歸字的混用現象，應為「韻攝」觀念影響。〈後譜表〉將效攝置於圖 21，並與流攝互為開合。吳氏這樣的安置應是因為二者元音相近、皆屬韻尾[u]，並屬獨韻使然。

九、果　攝

以《切韻指南》的果攝為出發點，觀察前後譜表，簡單比對之後，首先將所包含的圖次、韻目列出如下：

	圖　次	韻目內容（首格/末格）	備　註
〈前譜表〉	圖 10	呵火貨欱/歌	
〈後譜表〉	圖 3（開）、圖 4（闔）	歌通麻	

果攝對應於〈前譜表〉圖 10 歌韻，包括《五音集韻》「歌、戈〔註14〕」韻，同與深攝合韻相承，整齊不紊；《切韻指南》將果、假二攝合圖，僅依開闔分為二圖，〈後譜表〉將果攝置於圖 3、4，均屬一等韻，與假攝分立。果、假二攝分圖的主要原因，在語音上並無法做出直接的區別，就韻圖現象觀察，在圖 7 一等韻唇音位置有字，如「巴、把、靶、捌」之類，這些字在《切韻指南》則放在同一直行（唇音）二等位置，使得果攝字（一等）必須分圖。這個現象提供什麼語音線索呢？現代方言裡，除牙音之外，中古一二等字之主要元音大部

〔註14〕從圖中所收歸字系聯，實際上僅包括戈韻合口洪音類而已，然而，並未見分化至他韻，因此不作細分。

分已無區別，吳氏將假攝唇音二等放到一等，可能反映一二等混同，最早發生於唇音字。

十、假　攝

以《切韻指南》的假攝爲出發點，觀察前後譜表，簡單比對之後，首先將所包含的圖次、韻目列出如下：

	圖　次	韻目內容（首格/末格）	備　註
〈前譜表〉	圖 8、12、14	牙雅迓軋/佳通皆 華瓦化豁/麻通些車 些寫卸節/遮通麻呵火	
〈後譜表〉	圖 7（開）、圖 8（闔）	麻遮通歌	

假攝對應於〈前譜表〉圖 8、12、14。圖 8 佳韻包括《五音集韻》麻韻開口二等部分，並與山攝入聲鎋韻相承，相當二等牙喉音；圖 12 麻韻包括《五音集韻》「麻韻開口二等部分、麻韻合口二等部分」，與山攝入聲末韻相承，相當二等唇齒舌音。圖 14 遮韻包括《五音集韻》「麻韻開口二等部分、麻韻開口三等部分」，與山攝入聲薛韻相承。圖 8 佳韻、12 麻韻均爲二等韻字，何以分等？筆者發現這兩類字在發音部位上有所區別，原因一韻字讀作[a]般假開二麻從中古到近代假開二麻牙喉音（圖 8 佳韻）產生[i]介音而念作[ia]，與其他字有別。《切韻指南》將果、假二攝合圖，僅依開闔分爲二圖，〈後譜表〉將假攝對應於〈後譜表〉圖 7、8，與果攝分立，而詳細情形上文已說明，故不贅述。

十一、宕　攝

以《切韻指南》的宕攝爲出發點，觀察前後譜表，簡單比對之後，首先將所包含的圖次、韻目列出如下：

	圖　次	韻目內容（首格/末格）	備　註
〈前譜表〉	圖 7、9	陽養漾藥/陽通江 光廣桄郭/江通陽（部分）	
〈後譜表〉	圖 1 之半（開）、 圖 2 之半（闔）	陽通江	

宕攝對應於〈前譜表〉圖 7、圖 9，圖 7 陽韻僅收宕攝陽韻，與入聲藥韻相承，圖 9 包含有《五音集韻》「江、唐、陽」韻字，並與入聲「覺、鐸、藥」韻

相承。宕攝包含陽、唐二韻，唐韻僅收於圖 9，未見於圖 7。此外，由於在圖 9 裡亦收有宕攝字（宕攝兩收於圖 7、9，圖 7 爲開口，圖 9 爲合口），因此，在圖 9「文、根、生、因、分、神、王、葵」收有陽韻，與圖 7 呈現互補狀態。唯一在「因」聲裡，圖 7 收「央鞅快約」，圖 9 收有「央約」二字，乃爲重出。雖以韻目相承方式排列，間有混用情形，筆者認爲〈前譜表〉以「韻部」觀念爲大前提分圖、塡字，因此，四聲相承仍沿襲舊制，部分歸字的混用現象，應爲「韻攝」觀念影響。宕攝入聲相當於《五音集韻》「藥、鐸」二韻，與圖 2、7、9 相承，在圖 2 蕭肴豪韻裡，分別與蕭、豪相配，此乃數韻同入現象。江攝對應於〈後譜表〉圖 2 之半，此圖包括江攝、宕攝的陽韻部分，將前後譜表相較，則知〈後譜表〉未收唐韻之字。

十二、梗　攝

以《切韻指南》的梗攝爲出發點，觀察前後譜表，簡單比對之後，首先將所包含的圖次、韻目列出如下：

	圖　次	韻目內容（首格/末格）	備　註
〈前譜表〉	圖 13 之半	庚耿更革/庚青蒸（部分）	
〈後譜表〉	圖 23 之半（開）、圖 24 之半（闔）	庚通眞青蒸（部分）	

梗攝包括有《五音集韻》「庚、清、青」韻，與入聲「陌、昔、錫」韻。相當於〈前譜表〉圖 13 庚青蒸韻部分字，圖中多依據「庚陌、清昔、青錫」相承規律，亦有少數相互混用，實因〈前譜表〉以「韻部」觀念爲大前提分圖、塡字，因此，四聲相承仍沿襲舊制，部分歸字的混用現象，應爲「韻攝」觀念影響。

梗攝入聲包括有「陌、昔、錫」韻，除了與陽聲韻相配，亦與陰聲韻相配，如以昔、錫與圖 4 脂韻部分、齊韻相配，以陌韻與圖 6 皆韻、圖 20 脂韻部分相配，此乃數韻同入現象。

梗攝相當於〈後譜表〉圖 23、24，依開闔分圖。與《切韻指南》相較，得知此圖將曾、梗二攝合圖，這種現象在《四聲等子》時已經出現，陳新雄（1974：49）以爲曾攝爲內轉，梗攝爲外轉，此爲內外混等現象。

十三、曾 攝

以《切韻指南》的曾攝爲出發點，觀察前後譜表，簡單比對之後，首先將所包含的圖次、韻目列出如下：

	圖　次	韻目內容（首格/末格）	備　註
〈前譜表〉	圖 13 之半	庚耿更革/庚青蒸（部分）	
〈後譜表〉	圖 23 之半（開）、圖 24 之半（闔）	庚通眞青蒸（部分）	

曾攝包括有《五音集韻》「蒸、登」韻，與入聲「職、德」韻。相當於〈前譜表〉圖 13 庚青蒸韻部分字，圖中多依規律相承，亦有少數相互混用，實因〈前譜表〉以「韻部」觀念爲大前提分圖、塡字，因此，四聲相承仍沿襲舊制，部分歸字的混用現象，應爲「韻攝」觀念影響。曾攝入聲除與陽聲韻相配之外，亦與陰聲韻相配，如以職韻與圖 4 微韻相配，以德韻與圖 6 哈韻、圖 14 脂韻、圖 20 灰韻相配，此乃數韻同入現象。

曾攝相當於〈後譜表〉圖 23、24，依開闔分圖。與《切韻指南》相較，得知此圖將曾、梗二攝合圖，這種現象在《四聲等子》時已經出現。

十四、流 攝

以《切韻指南》的流攝爲出發點，觀察前後譜表，簡單比對之後，首先將所包含的圖次、韻目列出如下：

	圖　次	韻目內容（首格/末格）	備　註
〈前譜表〉	圖 18	收守狩宿/尤	
〈後譜表〉	圖 22（闔）	蕭肴尤（部分）	

流攝對應於〈前譜表〉圖 18 尤韻，相當於《五音集韻》「尤、侯」韻，分別與通攝入聲「屋、燭」韻相承。雖以韻目相承方式排列，間有混用情形，筆者認爲〈前譜表〉以「韻部」觀念爲大前提分圖、塡字，因此，四聲相承仍沿襲舊制，部分歸字的混用現象，應爲「韻攝」觀念影響。流攝於〈後譜表〉第 22 圖，僅有闔口一圖，與效攝（21 圖）開闔相對，吳氏這樣的安置應是因爲二者元音相近、皆屬韻尾[u]，並屬獨韻使然。

十五、深 攝

以《切韻指南》的深攝爲出發點，觀察前後譜表，簡單比對之後，首先將

所包含的圖次、韻目列出如下：

	圖　次	韻目內容（首格/末格）	備　註
〈前譜表〉	圖 19	侵	
〈後譜表〉	圖 15 之半（開）、	真侵通庚青蒸殷痕文元（部分）	圖 15 兼收臻深攝字，圖 16 僅收臻攝

深攝相當於〈前譜表〉圖 19，包括《五音集韻》侵韻，並與入聲組韻相承，相當於等韻三等字。在《音聲紀元》書中，尚未將深攝入聲與陰聲韻相配。

〈後譜表〉將臻攝置於圖 15、16，與《切韻指南》所反映的現象均同，特別需說明的是，在第 15 圖裡則一改《指南》體例，將臻攝與深攝並列，此乃當時語音 -n、-m 不分現象之反映。

十六、咸　攝

以《切韻指南》的咸攝為出發點，觀察前後譜表，簡單比對之後，首先將所包含的圖次、韻目列出如下：

	圖　次	韻目內容（首格/末格）	備　註
〈前譜表〉	圖 21、23	緘減鑑甲　咸通覃 含頷撼合　覃通咸	
〈後譜表〉	圖 19 之半（開）、 圖 20 之半（闔）	寒山先覃鹽韻（部分）	

咸攝對應於〈前譜表〉圖 21、23 圖。圖 21 咸韻相當於《五音集韻》「覃、鹽、咸、凡」韻，與入聲「合、盍、洽、乏」韻相配。圖 23 覃韻相當於《五音集韻》「覃、鹽、咸、凡」韻，與入聲「合、盍、洽、乏」相承。此二圖所收字皆一二三四等俱全，究竟二者分圖的意義為何？這是探討的重點。在近代語料裡，如《中原音韻》、《韻略易通》等書皆將咸攝分為二圖，而分圖的條件，在於一二等同圖，三四等同圖，與〈前譜表〉情形不同；其次，既然二者分圖，則必為對立關係，因此以二圖同聲母下的字比對，觀察這些字在現代方言資料的分布情形，在哪種方言裡對立？共列有十二組字，以下進行比對：（舉平以賅上去）

聲　母	21 咸　韻	23 覃　韻
同	談／踏	覃／沓
寧	黏／捏	諵

玄	咸／洽	嫌／協
迎	拈／捏	嚴／聶
恩	黯／	諳／姶
敦	擔／搭	耽／答
因	猶／押	淹／壓
斤	緘／甲	兼／頰
興	歔／呷	忓／脅
輕	嵌／恰	謙／篋
雷	藍／拉	嵐
嵩	三／趿	毿／趿

　　然而，吳氏所列在二圖中顯示對比的字，在現代各方言大多念法相同，無法找出其中區別條件，因此，對於這個問題，筆者以爲這些韻在吳氏語言裡已經不分，然而爲湊數、存古所用，分立二圖，造成其中混淆不清的情形出現。咸攝入聲除了與陽聲韻相配之外，亦與陰聲韻果攝歌戈韻相配。

　　〈後譜表〉將咸攝置於圖19、20，與《切韻指南》所反映的現象均同，特別需說明的是，在韻圖裡吳氏則一改《指南》體例，將山攝與咸攝並列，此乃當時語音-n、-m不分現象之反映。

　　以《切韻指南》十六攝爲綱領，將前後譜表進行聯繫，歸結其中語音規律，並解釋例外現象。從這些現象裡，筆者有幾點要說明：

　　（一）由於前後譜表的來源，筆者推論爲《五音集韻》與《切韻指南》，「攝」的範疇較大，異動較爲困難，吳氏所能作的創新，即便是在開合、等第上作處理，根據觀察，均不具實質意義。唯一能有所創新的部分是〈前譜表〉，原則上仍以《五音集韻》爲本，其中反映不少近代語音現象，如圖4與圖20即可清楚觀察到舌尖韻母的出現，詳細情形將於下一小節說明。

　　（二）吳氏〈前譜表〉雖以韻部觀念分圖，然而在排字時會依據韻攝爲大原則，在空格裡盡可能填入一些字；換句話說，也就是較不考慮「介音之別」。加上〈前譜表〉聲母多至六十六個，在第一節的討論裡，筆者發現聲母實際並沒有那麼多個，乃是介音使然。從這兩種現象可以推論，吳繼仕的字音觀念是將介音計入聲母，韻母僅包括主要元音及韻尾。

　　（三）即使吳氏將介音計入聲母，然而，將書中所列歸字進行系聯，可將韻部加以細分，韻母部分介音之殊異。且所架構韻母系統有一特點，即齊齒呼

韻母多單列，與開口、合口呼韻母分開。

第三節　《音聲紀元》韻母現象討論

　　根據上文的歸納，筆者發現其中反映著特殊語音現象，這一小節裡，筆者擇要論述之，以明《音聲紀元》一書的時代意義：

壹　舌尖韻母 [ï] 的出現

　　〈前譜表〉圖 16 支韻所收的舌尖韻母即爲現今國語的[ï]部分，關於[ï]的來源，在《古今韻會舉要》所注的「觜字母韻」，算是第一個專爲舌尖韻母所設的韻，《中原音韻》則又將此韻部獨立爲「支思」韻，有別於齊微韻（未變[ï]的字留在齊微韻，而未歸入支思韻）；在〈前譜表〉裡，圖 16 舌尖韻母支韻與圖 4 微韻、圖 20 灰韻所收的舌面韻母相對立。

　　然而，[ï] 這個音位形成的研究，薛鳳生（1980）即有開創性的見解，利用語料分析進而呈現舌尖韻母的演變史；竺家寧（1990：223～238）以所研究的近代語料爲依據，進行層次性的說明，以爲在《皇極經世聲音唱和圖》裡，作者將止攝開口精系字列於開類，則是發展之端緒；其後，《切韻指掌圖》將支脂之三韻的精系字從四等地位移至一等，此乃舌面元音受到舌尖前聲母影響，所產生的舌尖化現象；《古今韻會舉要》裡反映出這類字獨立爲韻，聲母範圍擴大爲精莊二系；《中原音韻》到《韻略易通》之間，部分知照系字也加入演化的行列，其範圍愈益擴展；而《音聲紀元·前譜表·圖 16》所反映出精知莊照系開口細音獨立一圖，日母止攝開三並未失落爲零聲母，《紀元》所反映的現象應處於《韻略易通》與《等韻圖經》之間的階段。〔註15〕

貳　雙唇鼻音韻尾消失

　　中古之際，-m、-n、-ŋ 韻尾俱全，《廣韻》侵、覃、談、鹽、添、咸、銜、鹽、凡，稱之爲閉口韻。〔註16〕羅常培（1982：51）解釋「攝」的觀念說：「所

〔註15〕關於[ï]音的形成，金有景（1998：57～60）則有不同的說法，文中推翻一般學者觀點，以爲[ï]音應產生於《五方元音》（1654～1664）之際，然而，筆者今採用薛氏、竺氏之說。

〔註16〕所列韻目皆舉平以賅上去。

謂『攝』者，蓋即聚集尾音相同，元音相近之各韻爲一類也。」故凡《四聲等子》及《經史正音切韻指南》統括韻部爲十六攝，其中咸攝、深攝也是帶-m韻尾。以「攝」爲角度觀察，則韻部之間的相互關係昭然可見。

　　關於-m、-n韻尾之間的嬗變關係，早在唐代胡曾〈戲妻族語不正〉〔註17〕詩裡即有反映；之後的文學作品也偶有反映各個方言在韻尾的通押情形。楊耐思（1979：18～20）提到十四世紀的《中原音韻》雖存有侵尋、監咸、廉纖三部閉口韻，但書中亦顯露出-m併入-n的痕跡，例如：寒山韻陽平收「帆凡」，去聲收「範范泛犯」；先天韻收「貶」，可見此七個唇音字已經與-n相混；此外，周德清也反覆強調開合不能同押，在《中原音韻・起例》中更特別提出閉口韻的辨音方法，這些現象都可說明當時唇音-m尾字已經混入-n尾之中。《韻略易通》（1442）仍然遵循《中原音韻》既有規模，仍立有侵尋、緘咸、廉纖三部閉口韻。

　　〈後譜表〉在韻攝的安排上，將中古《切韻指南》十六攝進行合併，其中「山咸攝」、「臻深攝」雖置於同圖，卻在中古有不同的韻尾來源；山、臻攝屬於[-n]韻尾，咸、深攝屬於[-m]韻尾，兩兩合併顯示當時[-n]、[-m]韻尾已經不分。而〈前譜表〉裡仍然將侵、咸、覃作爲韻目，筆者以爲在當時口語閉口韻已經消失，之所以立出名目，是保守之舉。王力（1982：135）《漢語史稿》說：

　　　在北方話裡，-m的全部消失，不能晚於十六世紀，因爲在十七世紀
　　　初葉（1626）的《西儒耳目資》裡已經不再有-m尾的韻了。到了十
　　　六世紀，-m尾變成-n尾，於是侵尋併入眞文，監咸併入寒山，廉纖
　　　併入了先天。

在現代國語音系裡，中古《切韻》凡收-m韻尾字都已經併入-n尾各韻，而其間分布情形爲何？中古-m尾字的分布與介音有密切關係。大抵來說中古-m韻尾字在國語合口呼、撮口呼的分布並無一定規律，在國語開口呼、齊齒呼中的分布概況，張清常（1982：101）則有詳盡說明。這種演變導致漢語韻尾系統的簡化，改變了漢語語音的結構，就陳其光（1991：122）認爲這種演變仍屬於漢語鼻尾的簡單合併，三組鼻音尾從中古至現代之演變可標示爲：

───────────────

〔註17〕原詩作「呼十卻爲石，喚針將作眞，忽然云雨至，總道是天因（陰）。」其中所指
　　　　「針」、「陰」爲-m韻尾，「眞」、「因」爲-n韻尾。

-m → -n　　　　-n → -n　　　　-ŋ → -ŋ

參　入聲韻尾的消失

從《切韻》至《韻鏡》之際，入聲韻母以-p、-t、-k 作為韻尾，分別與陽聲韻-m、-n、-ŋ相配。《音聲紀元》一書，前後譜表皆以入聲兼配陰陽，與中古《四聲等子》、《切韻指掌圖》、《經史正音切韻指南》〔註18〕所反映情形相同。例如：

陽聲東韻──入聲屋韻──陰聲魚韻

由於〈前譜表〉韻類上有新的安排，對於陰陽入關係的處理也更為繁複；筆者首先將其陰陽入相配關係以表格標示，再予說明：（韻目以韻部為單位，以便對照；陰陽聲韻舉平以賅上去）〔註19〕

陽	東	江	陽	唐	仙	山	寒	桓	眞	諄	痕	魂	蒸	登	清	庚	侵	覃	咸	鹽	凡
入	屋	覺	藥	鐸	薛	鎋	曷	末	質	術		沒	職	德	昔	陌	緝	合	洽	葉	乏
陰	魚	模	肴	宵	豪		皆	哈	灰	齊											
	尤	侯		歌	戈	麻			脂												

《四聲等子》、《切韻指南》之際，入聲韻之所以與陽聲韻相配，完全是為了承襲韻圖舊制；以陰入相配的措施來呈現當時實際語音。且吳氏在組織、體制上受到《切韻指南》等書的影響，亦以入聲同配陰陽。然而，吳氏的入配陰陽究竟是實際語音的呈現或是守舊呢？一般來說，入聲同時具有兩種性質，也就是韻尾的閉塞和聲調的短促。就音韻演化的歷史過程來看，入聲的變化以韻尾為始，然後帶動聲調的變化，到一定階段時，入聲韻尾完全丟失，只剩下聲調特徵。再進一步發展，聲調特徵亦不復存在，完全合併在其他聲調裡，及入聲消亡的詳盡過程。〔註20〕吳氏除了在前後譜表裡，均立有入聲名目之外；凡《音聲紀元》屬中古入聲的歸字，吳氏均能填入正確音位，毫無例外，這是確定當時入聲仍未消亡的主要原因。因此，筆者根據入聲演化的過程，判定《音

〔註18〕這三種韻圖在入配陰陽上的安排並不盡相同，主要差異在於入聲「曷末鎋薛質術沒」韻的相配。參見忌浮（1993：259）。

〔註19〕這個圖表主要是為了呈現陰陽入相配的情形，因此，不將細部的語音變化作為考量因素。如：山咸攝並未合併。

〔註20〕張玉來（1991：64）。

聲紀元》入聲兼配陰陽，雖以混而無別，然而並還沒像《中原音韻》入派三聲情形相同，可見仍存有入聲聲調，只不過-p、-t、-k 韻尾發生部位後移，因而弱化成相同的喉塞音[-ʔ]。再者，入聲的有無及演化情形一直是方言分區的條件之一，在《音聲紀元》所反映的現象與官話系統、吳方言相較，則認爲與現代江淮官話現象最爲相符。〔註21〕

肆　宕攝字分化爲二韻

宕攝對應於〈前譜表〉圖7、圖9。圖7陽韻僅收宕攝陽韻，與入聲藥韻相承。圖9的韻目內容請參見江攝說明；宕攝包含陽、唐二韻，唐韻僅收於圖9，未見於圖7。此外，由於在圖9裡亦收有宕攝字（宕攝兩收於圖7、9，圖7爲開口，圖9爲合口）。在〈後譜表〉內，將宕攝分置於圖1、2表示開闔，然而實際上僅收陽韻，而無唐韻。

耿振生（1992：158）認爲吳語裡，將宕攝字分成兩韻，三等開口陽韻自成一類，一等唐韻與合三陽韻爲一類，並與江攝合流，〈前譜表〉則反映這樣的現象。然而筆者觀察現象，〈後譜表〉並未收唐韻，對於這個現象筆者贊成認爲可能是吳氏依開闔分圖使然。

第四節　韻母音值擬測

《音聲紀元》所呈現的韻母現象較爲單純，由於〈前譜表〉依韻部分圖，〈後譜表〉依韻攝分圖，二者名目有別，卻實爲一體。關於其韻母的擬測，李新魁（1983：237～238）與耿振生（1992：204～205）都有論及，其中的相同點在於二人所擬測對象皆爲〈前譜表〉，所不同的是：耿氏僅就二十四韻部進行擬測，李氏則將細部的韻類亦以音值表現，以示區別。

由於上文說解前後譜表韻母部分，以《切韻指南》十六攝爲綱領，已將二者作一清楚聯繫與說明，也將〈後譜表〉依其合併現象處理，分爲十二攝。因此，以下進行音值擬測時，仍以十六攝爲綱目，再於其中說明韻類，以免泥於書中名目，以架構實際韻母系統。再者，從《音聲紀元》前後譜表所呈現的韻母系統，可以發現大部分皆合於《切韻指南》、《五音集韻》，其中演變則多與官

〔註21〕鮑明煒在（1993：71）提到：「保留入聲是江淮官話的主要特點，在官話大區中與其他方言區相區別。」

話系統相符。筆者猜測：創作韻學著作時，除了實際語音之外，不可能憑空想像，同時，韻母系統除了歷時演變之外，可變動性並不大。

因此，本文的擬音原則是先以「攝」的觀念統籌，凡同攝者主要元音相近、韻尾相配（如山咸、臻深等攝均收同韻尾）；其次，凡與中古音韻現象相同者，則視為保守，將反映當時實際語音現象作一層次的釐清，並以音值表示期間區別；且前後譜表於反映現象不一時，則依據上文討論結果，將之間關係及演變作一聯繫。在擬測音值之際，將參考現代官話語料及前人研究成果。〔註22〕

一、通 攝

本攝包括一等、三等字。現代官話多念作[-uŋ]，唇音字則多讀為[-əŋ]。將韻圖與現代方言比較，可以發現語音現象之變遷：三等韻字除了「東」、「鍾」牙喉音之外，多數變為洪音，消失[i]介音；唇音部分則產生異化作用。

通攝包括〈後譜表〉圖11、12，〈前譜表〉圖11東冬韻，因此，將一等韻擬作[-uŋ]。三等韻各方言均有介音[i]，擬作[-iuŋ]，李新魁看法亦同；又入聲兼配陰聲與陽聲韻攝，其一等音讀為[-uʔ]，三等入聲作[-iuʔ]。

二、江宕攝

〈後譜表〉將江、宕攝合為同圖，故將其擬音一併討論。現代北方官話裡，江攝開二（除牙喉音、莊知系除外）、宕攝唐韻、宕攝開三陽韻唇音多讀作[-aŋ]；江開二牙喉音和多數宕攝開三陽韻念作[-iaŋ]；江開二莊知系字、宕攝合三陽韻、合一唐韻讀作[-uaŋ]。李新魁將《音聲紀元》江宕攝擬出[-aŋ]、[-iaŋ]、[-uaŋ]之音讀，與現代方音完全相同。

現代方言裡，一二等多不分別，只有牙喉音有[i]介音，然而果假二攝在現代方言裡，以[o]為一等主要元音，以[a]為二等主要元音，以為此可作為一二等之別。從《音聲紀元》所反映的現象來看，在「攝」的安排上基本仍以中古為原則。因此，筆者將一等擬作[-ɑ]，以為此音能轉為後世圓唇之[o]，其歷程如：

$$ɑ \rightarrow ɒ \rightarrow ɔ \rightarrow o$$

依其等第、發音部位條件論之，以為〈前譜表〉圖9一等唐韻為[-ɑŋ]；而將二

〔註22〕本文擬音部分，現代方音材料主要依據《漢語方音字匯》，擬音依據及觀念則參考高本漢（1940）及竺家寧《近代音論集》相關論述。

等主要元音擬作[-a]，後世牙喉聲母顎化作用（palatalization）而產生介音[i]。
其演化過程如下：

$$二等[-a]\begin{cases} a \rightarrow a \\ \\ {}^{i}a \rightarrow ia ／喉音 \end{cases}$$

因此將〈前譜表〉圖 9、〈後譜表〉圖 2 二等江韻爲[-aŋ]；三等陽韻唇音部分，
《切韻指南》沿襲《等子》之舊，而置於開口，《切韻指掌圖》改置合口，〈後
譜表〉仍置於開口位置，爲因襲現象，應無[u]介音，故將〈後譜表〉圖 2 開
口三等陽韻擬作[-iæŋ]，三等[æ]跟隨高元音[i]之後，在發音之際造成同化作
用（assimilation）而演變爲[ɛ]或[e]；合口陽韻字則以[-iu-]爲介音，作[-iuæŋ]，
於後世因唇化作用（labialization）而變成[y]。

本攝（江宕合併）依等第論之，則一等作[-ɑŋ]、二等擬作[-aŋ]、三等依開
闔口分別擬作[-iæŋ]、[-iuæŋ]；入聲兼配陰陽，故一等擬爲[-ɑʔ]、二等擬作[-aʔ]、
三等依開闔口分別擬作[-iæʔ]、[-iuæʔ]。

三、止 攝

本攝僅有三等，吳氏於前後譜反映的現象有所不同，〈後譜表〉是保守沿襲
之屬，尚未產生舌尖韻母，故擬作[əi]；而〈前譜表〉反映當時語音現象，圖
16 相當於精莊知照系裡的開口三等細音，現代方言皆念作[ï]；圖 4 相當於等韻
止攝開三（包括脂、微二韻）、蟹攝開四（齊韻）部分，現代方言多念作[i]；圖
20 相當於等韻止攝合口三等（不分發音部位）、蟹攝合口四等，現代方言將微
韻唇音、灰韻、廢韻唇音多念作[-ei]，其餘多念作[-uei]。因此，將止攝依其實
際語音分爲以下幾類：

圖 16 止攝精莊照系擬作[ï]，〈前譜表〉圖 4、20 主要元音爲[i]，與之相對，
若加以細分，則止開三（精莊照除外）、蟹開四擬作[i]，等韻止合三（不分發音
部位）、蟹合四，擬作[-ei]、[-uei]。前後譜表關係呈現止攝歷時的演變，如下：

$$\begin{array}{cc} 〈後譜表〉 & 〈前譜表〉 \\ & \\ [əi]\begin{cases} \rightarrow [ï]／ts、t\textstyle\int 系 \\ \rightarrow [-i]／止開三（ts、t\textstyle\int 系除外） \\ \rightarrow [-ei]、[-uei] ／止合三 \end{cases} \end{array}$$

其入聲由於兼配陰陽,止攝分別與曾攝、臻攝入聲相配,故共可擬作[-əʔ]、[-uəʔ]、[-iəʔ]、[-iuəʔ]。

四、遇　攝

本攝收有一等韻與三等韻,一等韻在現代各方言裡都讀作[-u],三等韻於現代方言演變爲二類:一讀作[-u],包括唇音、知照系、日母;另一讀作[-y],包括見系、精系、影系、來母字。〈後譜表〉於三等韻並未見任何區別,依現代方言音讀而擬作[-iu];入聲兼配陰陽聲韻,與通攝相配,其一等音讀爲[-uʔ],三等作[-iuʔ]。

遇攝於〈前譜表〉分置二圖,模韻則相當於[-u]韻母,「分韻」現象則顯示出魚虞韻原本的[-iu]韻母發生改變,無法再與[-u]韻母繼續相配,從語音演化規律解釋,也就是[-iu]由於唇化作用使然,在過程中[-u]失落後仍然保存圓唇性,已經合成[-y],主要元音與[-u]已大不同,因而分列二圖。將前後譜表作一聯繫,可見其中歷時性變遷,如下:

　　　　　　〈後譜表〉　　　　　〈前譜表〉

　　　遇攝([-u]、[-iu])→ [-u]、[-y]

五、蟹　攝

本攝在現代方言均有[-i]韻尾,且一二等在現代方言多無區別,官話屬於[a]類前元音,故將一等擬作[-ɑi],二等擬作[-ai]。蟹開三、四等則擬作[-iæi],合口作[-uæi];入聲兼配陰陽,與山攝相配,則擬作[-ɑʔ]、[-aʔ]、[-iæʔ]。

〈前譜表〉則反映止蟹攝的分合演變,圖4微韻相當於等韻止攝開三(脂、微二韻)、蟹攝開四(齊韻)部分,圖20灰韻包括《五音集韻》「脂(合)莊系字除外、灰」,相當於等韻止攝合口三等(不分發音部位)、蟹攝合口一等,圖4、20主要元音爲[-i],若加以細分,則止開三(精莊照除外)、蟹開四擬作[-i],等韻止合三(不分發音部位)、蟹合四,擬作[-ei]、[-uei]。圖6相當等韻蟹攝一、二等,並未產生顎化,也尚未與止合三莊系合流,故擬作[-ai]。前後譜表關係呈現止攝歷時的演變,如下:

　　　　　　〈後譜表〉　　　　　〈前譜表〉

　　　[-ɑi]一等、[-ai]二等　→ [-ai]

[-iæi]開三、開四　　　→　[-i]／開四（三等祭廢二韻〈前譜表〉未收）

[-uæi]合四　　　　　→　[-ei]、[-uei]

六、臻深攝

《後譜表》將臻攝、深攝置於同圖，故合併討論。臻攝僅有一等、三等，分爲開闔二圖，現代官話多讀爲[-ən]。深攝與臻攝開口同圖，僅有三等韻，中古時候收[-m]韻尾，乃發音部位後移與臻攝合流，故擬作[-ən]。若依〈前譜表〉則將臻開一擬作[-ən]，臻、深開三擬作[-iən]、臻合擬作[-uən]（李氏擬作[-in]、[-un]）。入聲由於兼配陰陽聲韻，分別擬作[-əʔ]、[-iəʔ]、[-uəʔ]。

七、山咸攝

〈後譜表〉將山攝、咸攝置於同圖，故一併討論。山攝於現代北方官話皆爲[-n]韻尾，故本攝當擬作[-n]，一二等於現代方言多無區別，且爲[a]類元音，故同上文將一等擬作[-ɑn]，二等擬作[-an]，將三四等擬作[-iæn]；咸攝情形亦同。入聲兼配陰陽，因此分別作[-ɑʔ]、[-aʔ]、[-iæʔ]。

〈前譜表〉將山攝分爲三類，圖 15 山韻多爲開口韻，擬作[-an]，圖 1 元寒韻多收合口韻，其韻母應爲[-uan]，今以《中原音韻》桓歡韻相較，擬作[uon]，圖 17 爲三四等韻字，其韻母原本應作[-an]，筆者爲顧及音系，以爲宜作[-ien]；咸攝一二等擬作[-am]、三四等擬作[-iem]（若依〈後譜表〉現象則作[n]韻尾）。

八、效　攝

本攝於現代方言皆作[u]韻尾，一二三四等俱全。一二等現代方言多無分別，然將一等擬作[-ɑu]、二等擬作[-au]，其中牙喉音並未併入宵蕭韻，顯現尚未顎化產生[-i]介音；三四等擬作[-iæu]。入聲兼配陰陽，故一等擬爲[-ɑʔ]、二等擬作[-aʔ]、三四等擬作[-iæʔ]。

九、果　攝

果攝於〈後譜表〉裡一改常例與假攝分圖，現代方言裡同攝一二等雖多無分別，然而已果攝一等主要元音爲[o]，假攝二等韻主要元音則爲[a]。此處將果攝一等擬作[-ɑ]，以爲此音能轉爲後世圓唇之[o]。入聲兼配陰陽，故擬爲[-ɑʔ]。

十、假　攝

〈後譜表〉果假二攝分圖，現代方言裡同攝一二等雖多無分別，然而已果

攝一等主要元音爲[o]，假攝二等韻主要元音則爲[a]。此處將假攝二等擬作[-a]，將三等開口擬作[-iæ]、合口擬作[-iuæ]。入聲兼配陰陽，其入聲與山攝相承，因此分別作[-ɑʔ]、[-aʔ]、[-iæʔ]。

十一、梗曾攝

梗攝、曾攝於〈後譜表〉合圖，此處則一併討論。曾梗二攝在現代北方官話區大念作[-əŋ]。根據〈前譜表〉歸字可將梗開二、曾開一合併爲[-əŋ]，曾合一、梗合二合併爲[-uəŋ]，曾開三、梗開三四合併爲[-iəŋ]，曾合三、梗合三四合併爲[-iuəŋ]。其入聲由於兼配陰陽，分別擬作[-əʔ]、[-uəʔ]、[-iəʔ]、[-iuəʔ]。

十二、流　攝

流攝於〈後譜表〉裡，與效攝互爲開闔，現代北方官話區多念作[ou]。爲了能與效攝開闔相對，不至於衝突，則將一等擬成[-uə]、三等擬成[-iəu]。又入聲兼配陰聲與陽聲韻攝，其一等音讀爲[-uʔ]，三等入聲作[-iuʔ]。

從筆者所整理出來的韻母系統，可以得知書中所呈現的韻母系統是有兩個層次的。第一個是保守系統，所含括的現象包括有〈前譜表〉將臻深攝、山咸攝分圖表示，顯示舌尖、雙唇韻尾的對立；〈後譜表〉止蟹攝分用，遇攝、山攝各韻尚未產生變化。這個系統的元音有 6 個，[i]不作爲主要元音，以下將其他元音與韻尾相配關係表列說明：

主要元音 韻尾	ɑ a æ	ə	u
ø	果/假		遇
i	蟹	止	
u	效	流	
m	咸	深	
n	山	臻	
ŋ	宕	曾	通
ʔ	（各攝入聲）		

這個系統與《四聲等子》、《經史正音切韻指南》大部分是相同的，唯一不同是在入聲部分，《音聲紀元》入聲韻尾完全弱化爲[ʔ]。

在《音聲紀元》書中有另一層次的韻母系統，是反映當時實際語音的。包

括有：

1. 〈前譜表〉止蟹攝舌尖韻母的出現，多出[ï]音。
2. 〈前譜表〉遇攝的分圖，是[iu]唇化而產生[y]元音。
3. 〈前譜表〉山攝的分圖，使得部分元音變成[an]，三等開口產生[e]元音，合口產生[o]元音。
4. 〈前譜表〉將宕攝分列爲二，其一爲陽韻開口字成一類，其二爲陽韻合口、唐韻合口一類，並與江攝合流。
5. 〈後譜表〉臻深攝合併、山咸攝合併，因此，代表-m尾的消失。

第五節　聲調之討論

壹　聲調概說及現象討論

漢語自古即有聲調之實，唯未立其名而已，根據典籍的記載，齊梁之際，漢語裡的聲調共可歸納爲四個調類，分別爲：平、上、去、入。《南史・陸厥傳》即清楚地說：

> 永明末，盛爲文章。吳興沈約、陳郡謝朓、琅琊王融，以氣類相推
> 轂，汝南周顒善識聲韻。約等文皆用宮商，以平上去入爲四聲。以
> 此制韻，…世呼永明體。〔註23〕

陳寅恪（1966：1143）認爲中國聲調中的平上去三聲是「依據及摹擬中國當日轉讀佛經之三聲」，而中國當日轉讀佛經之三聲又出自「印度古時聲明論之三聲」，另外再加上中國漢語附有-p、-t、-k韻尾的入聲，共稱爲四聲。〔註24〕

然而，《音聲紀元》一書中收有的前後譜表均爲韻圖，由於體制因素，對於聲調並未直接標明。究竟吳氏對於聲調的命名如何呢？就所列韻字排列情形觀察，並將音切填入，可以發現所排列的次第爲四，且從吳氏在《卷之一》頁10說：

> 叶調次序先叶六聲，辨其異聲同音，使之清濁互奏，如五色之相宣，

〔註23〕見《南史・陸厥傳》頁1195。

〔註24〕陳氏之所以有這樣的推論，乃是基於天竺圍陀聲明論的觀點，認爲其所謂聲 svara 者，與中國四聲所謂聲者相似。換句話說，也就是指聲的高低，如英文的 pitch accent。

始重而輕，自輕而重，前後數遍。則橫而讀之，二十餘聲，聲聲和
諧；豎而讀之，<u>平上去入四聲，無有異法。即正而讀之，從上字字</u>
<u>讀下，清濁重輕，開闔音聲亦無不明，但入聲音短，須上串讀始得。</u>

由此可知吳氏所指四聲，分別是平、上、去、入。所用名目雖與齊梁之際
（483～493）相同，而之間已相去千年，其調值是否相同？是以下所要討論的
問題。吳氏對於四聲調值的描述是這樣的：

平聲哀而安，上聲厲而舉，去聲清而遠，入聲直而促。梵音有長短
二聲，中原有三聲，燕齊有平無入，秦趙有入無平。至沈氏而四聲
始全，而江南有五聲。（《音聲紀元・卷之一》頁11）

這樣的描述，所指的四聲稍嫌籠統，只能稍作意會，卻無法確切掌握其特性。
而吳氏也在著作裡，提出「轉聲」之法，也就是利用四聲相承的原理，讓學習
者易於掌握韻學之理。其書云：

轉聲，轉者如董正之董，亦作督察之督者，東董凍督故也。……是
皆一義之所起，而發音有輕重耳。（《音聲紀元・卷之一》頁13）

既然吳氏以四聲相承觀念來說明聲調，筆者進而觀察韻圖中列字的相承關
係。從其所列歸字進行觀察，發現其中反映有幾種現象：

一、平聲未分陰陽

聲調分化成陰陽的原因，是由於未分化前受到聲母影響，而產生聲調上的
細微差別。例如《廣韻》「東，德紅切」本來是屬於同一聲調，現今國語讀來則
「東、紅」聲調不同。現代普通話將平聲分為陰平與陽平，這是從中古平聲分
化出來的。王力（1982：253）提到：「這種分化在十四世紀以前就完成了，《中
原音韻》是將平聲分為陰陽的第一部書。」《音聲紀元》裡，不論是〈前譜表〉
或是〈後譜表〉，則反其道而行，平聲部分皆是以現今國語陰平、陽平相互混用
的。

二、入聲（調類）的存在

一般來說，入聲同時具有兩種性質，也就是韻尾的閉塞和聲調的短促。就
音韻演化的歷史過程來看，入聲的變化以韻尾為始，然後帶動聲調的變化，到
一定階段時，入聲韻尾完全丟失，只剩下聲調特徵。再進一步發展，聲調特徵
亦不復存在，完全合併在其他聲調裡，及入聲消亡的詳盡過程。

從《切韻》至《韻鏡》之際，入聲韻母以-p、-t、-k作爲韻尾，分別與陽聲韻-m、-n、-ŋ三種韻尾相配。《音聲紀元》一書，前後譜表皆以入聲兼配陰陽，與中古《四聲等子》、《切韻指掌圖》、《經史正音切韻指南》所反映情形相同。例如：陽聲東韻──入聲屋韻──陰聲魚韻。《四聲等子》、《切韻指南》之際，入聲韻之所以與陽聲韻相配，完全是爲了承襲韻圖舊制；以陰入相配的措施來呈現當時實際語音。且吳氏在組織、體制上受到《切韻指南》等書的影響，亦以入聲同配陰陽。然而，吳氏的入配陰陽究竟是實際語音的呈現或是守舊呢？吳氏除了在前後譜表裡，均立有入聲名目之外；凡《音聲紀元》屬中古入聲的歸字，吳氏均能填入正確音韻地位，毫無例外，這是確定當時入聲仍未消亡的主要原因。因此，根據入聲演化的過程，判定《音聲紀元》入聲兼配陰陽，雖以混而無別，然而並還沒像《中原音韻》入派三聲情形相同，可見仍存有入聲聲調，只不過-p、-t、-k韻尾發生部位後移，因而弱化成相同的喉塞音[-ʔ]。

貳 聲調系統的描寫

對於中古的平、上、去、入，高本漢（1940：487）進行描述說：平聲是橫調，上聲是升調，去聲是降調，三者皆屬舒收的發音方法；入聲則是促調，以及促收尾。認爲每一種聲分爲高低兩種，輕聲母字歸高的，濁聲母字歸低的，所以事實上應有八聲。高氏並在書中舉出十三處方言爲例，觀察各調大致的類名，並註出今類與古類之間的對當關係。筆者進而觀察這些方言的聲調，發現所列A類（北京、漢口、四川、南京、揚州）與《音聲紀元》聲調現象最爲相符。也就是說，《音聲紀元》所反映的聲調現象，與現代國語聲調相較，可見其平聲未分陰陽、入聲調仍保存的情形，這些規律都在近代北方官話裡演化完成。對於從中古至現代國語聲調演變爲何？陳新雄（1978：134）即以圖表說明：

國語聲調 中古聲調	全濁	次濁	清	演變條件 調
平	↗		˥	平
上	√	√		上
去		√		去
入	√↗	√	˥˥ √ √	入

就《音聲紀元》所呈現的平、上、去、入四聲，與中古所謂四聲相較之下，唯
一所能比對出的差異，應該只有在入聲部分；嚴格論之，入聲的差異應是在韻
尾部分，是否影響到「調值」是尚未確定的。因此，既然《音聲紀元》中古於
聲調系統所反映的現象，是與中古聲調大致相同，我們可以從中古至現代國語
聲調的演變情形，進而對於《音聲紀元》一書的聲調稍作瞭解。

第六章　《音聲紀元》音系問題探討

　　整部漢語史的研究是相輔相成、相互制約的。在「時有古今，地有南北」的觀念下，整個音韻學領域研究，除了各個時代文獻資料的探討之外，學者利用中古《切韻》音系上溯古漢語，下推近代音；利用早晚期的歷史條件區別現代方言分區；〔註1〕又同時以中古音系與現代方言調查報告比對近代漢語語料，企圖以此研究在各個共時劃分出地域方音的殊異，並以各方言爲單位，以架構漢語的歷史。

　　討論任一韻學著作的音系，所必須進行的研究工作，主要有撰書背景的探討、著作內部的分析等方面，將研究文本如抽絲剝繭般，層層遞進；除此之外，爲了確切掌握音系所屬，對於共時平面以及歷時貫通兩方面的研究，也是不可忽略的工作。關於《音聲紀元》這部書所呈現的音韻系統，前文已從聲、韻、調三方進行分析，將之與音韻屬性較爲相近的《五音集韻》、《切韻指南》二書比對，企圖從中獲知《紀元》所反映的音韻現象，〔註2〕這是屬於歷時貫通層面的研究。

　　在本章敘述裡，主要著重於共時平面的音系研究，乃是將《音聲紀元》一書所反映出的語音現象與近代各個音系所呈現的現象進行比對，以論定其音韻

〔註1〕　參見丁邦新（1982：258）。

〔註2〕　關於《音聲紀元》書中所反映的音韻現象，可參見本文第四章、第五章有詳細說明。

地位。

第一節　共時音系之論述

　　分析明清語料的目的，是將每一部韻學著作視為一個「點」，進行窮盡式的探究，找出共時橫面與歷時縱向的貫穿，建造立體式的史觀。現代方言分區可細分為七類：分別為官話、吳語、湘語、贛語、客家話、閩語和粵語。〔註3〕以現代方言分區觀念上溯近代漢語，則元明清三朝之際的方言則類型也應與現代相同；由於資料有限，根據耿振生（1992：140）所見明清語料作為研究基點，認為當時等韻著作所反映的音系可分成三大類：一是「反映時音」的一類，即根據某「單一」方言「共時」音系歸納而成，耿氏又從地理上劃分，進而區別出官話系和非官話系，並且於方言區別條件下，細分出更小的類；二是「反映古音」的一類，這些著作是以上古、中古音為音系描寫對象，依據對象的不同可分為上古音系、《廣韻》音系、《切韻指南》音系、平水韻音系四類；三是屬「混合型音系」，這類著作是從南北方音或古韻書（圖）取材撰寫，其中的細類可依據「聲數」多少而分為三類，分別為三十六字母類、保存全濁音卻刪併36字母類、濁音清化類。〔註4〕就上述三大類型來看，「反映時音」類與「混合型音系」類均能反映實際語音，其間的差異在於音系屬的單一或複合。〔註5〕

　　本文的研究基點則是認為：現代漢語方言的特殊性，與明清各種音系韻學著作所反映的語音現象必能相互聯繫。既然上文已經將《音聲紀元》書中所呈顯的語音現象說明清楚，確定音系又為目的所在，因此，進行共時比對之前，首先說明當時各個音系所呈現現象為何。以下說明之際，先說明各種音系之概

〔註3〕　歷來學者對於方言分區問題說法紛紜，1987年《中國語言地圖集》將現代漢語分為十類，較本文所引七類多出晉語、徽語、平話。

〔註4〕　李新魁於《漢語音韻學》及《韻學古籍述要》裡，亦將韻學著作依據性質分類，然而，本文以「時代」作為首要區分條件，以耿氏之說方便說解。

〔註5〕　陳貴麟（1996：220）對於所詮釋的地方韻圖，理論上分成單核、多核及無核三種類型。又將效力範圍以內的基礎方言稱之為核心方言，其它的基礎方言所滲入的語言成核心音系有何不同？陳氏也有進一步的說明，「基礎音系」的概念是指韻圖中單一或某個音系的結構基礎；而「核心音系」的概念是指韻圖當中單一或某個音系的結構基礎。

況，並盡可能舉出明萬曆年間韻學著作，或是年代相近者，以便進行語音現象比較。

壹　官話方言區

南京音與中州音、北京音並存，這是漢語近代音區別於古音的一種重要變化。〔註6〕官話方言是使用人數最多、分布面積最廣的漢語方言，內部可分成許多次方言。呂叔湘（1985：58～59）提到現代的官話區方言時，則將其略分爲「北方（黃河流域及東北）和南方（長江流域和西南）兩系。」並且假定在宋、元時代這兩系已經有相當分別，換句話說，也就是指在近代漢語基礎方言中，南北差異由來已久，不過江淮方言（南音）是後起的，是北音南移的產物，其主要趨勢是逐漸向北音靠近但一直與北音保持一定區別（南音的變化慢於北音）。〔註7〕因此將官話的語言現象，以南北分界進行區分，呈現不同的面向。

一、北方官話

即學者所指《中原音韻》一系韻書，例如《韻略匯通》、《中州韻》等書。

〔註6〕葉寶奎（2000：15）提到：近代漢語語音變化主要表現有三個方面，其中之一「南音的形成與發展」有詳盡說明。「永嘉之亂，晉室南遷，中原板蕩，大批中原士民南下江淮，將中州音帶到江淮地區，中州音與吳楚方音交匯融合，南下的中州音借助政治的影響力逐漸同化當地土音，導致長江中下游地區方言逐漸北方化，使北方方言的範圍擴展到江南。當然這種變化是一種緩慢的過程，而漢族政權南遷金陵，與北方少數民族政權南北分治的局面以南京音爲代表的新方言（江淮方言）的形成提供了必要條件，加上江南地區的順利開發，經濟文化的發展也有利於南音地位的提高。一千多年來基礎方言南北音的對立實源於西晉末年的『衣冠南渡』和南北朝的對立。而南宋時期漢族政權再度南遷，南北對峙的局面不僅促使江淮方言的進一步北方化，也再次強化了南音的地位。少數民族入主中原，少數民族語言影響所及主要限於北方地區。南北分治加上長江『天塹』之阻，因而限制了外族語言對江南方言的直接影響。因此，儘管南音逐漸向北音靠近，但變化明顯慢於深受外族語言影響的北音。

〔註7〕袁家驊（1989：24）將北方方言略分爲四類，分別爲北方方言、西北方言、西南方言、江淮方言，若依南北分之，則江淮方言屬於南音。此外，分區意見多有不同，根據李榮的說法（1985：3），將晉語獨立之外，可將官話方言細分爲七大類，這些並非本文焦點，僅只進行釐清工作，暫不贅述。

〔註8〕今以《匯通》爲例，簡要說明這一系著作的音韻特性：〔註9〕

聲母系統反映現象有五：包括有（一）全濁聲母之清化；（二）「以」、「云」、「疑」（即影喻疑母）清化爲零聲母；（三）次濁聲母「泥」、「娘」之合併；（四）次濁聲母「明」、「微」、「來」、「日」之並存；（五）知、莊、章三系合流。因此，這一類的聲母多在十九至二十一個之間。

韻母系統分有十六韻部：其韻目次第爲：一東洪、二江陽、三眞尋、四庚晴、五先全、六山寒、七支辭、八灰微、九居魚、十呼模、十一皆來、十二蕭豪、十三戈何、十四家麻、十五遮蛇、十六幽樓。與中古音相較，反映現象有：（一）-m 韻尾消失，皆變成-n；（二）舌尖韻母的產生與擴大；（三）麻韻分化爲家麻、遮蛇；（四）山攝分化爲山寒、先全；（五）遇攝分化爲居魚、呼模。

聲調系統所反映現象是平聲分陰陽、全濁上歸去、入派三聲（《匯通》仍配陽聲韻）。

二、南方官話

黎新第（1995a：81～88）提出例證表明，認爲明代南方系官話客觀存在，並論及其語音特點及其發展：

（一）仍有獨立入聲

以李登的《書文音義便考私編》（以下簡稱《私編》）與現代江淮官話（包含南京話）相比，入聲的存在皆爲重要特點，因此，認爲明代的南方官話也保有入聲。〔註10〕

（二）明萬曆左右，全濁聲母仍存在

以《私編》、《中州音韻》、《瓊林雅韻》、《洪武正韻》等書爲證，認爲在萬曆前後，全濁聲母仍然存在，《私編》之前，平聲應仍保存全濁聲母。全濁上聲已有多數變成清聲母，全濁去聲演變數不多，其中最完整的是平聲部分。因此，就平聲來說，當時清濁爲區分要素，陰陽還不是區分要素。

〔註8〕黎新第（1995：115～122，87）認爲江淮官話的音韻特性與北方官話有別，與南方官話接近，並以爲南方系官話的範圍可涵蓋於江淮官話。因此，筆者將北方官話界定爲「除江淮官話之外之北方方言」

〔註9〕參見周美慧（1999：197～206）。

〔註10〕關於明代官話及其基礎方言爲何，筆者採魯國堯（1985：47～52）的意見，以南京話爲基礎。

（三）原莊組字聲母多併入精組

以《西儒耳目資》〔註11〕觀察，莊組併入知照與莊組併入精系 1.5：1，與南京話相較，古莊組多讀[ts]。

（四）寒桓分韻

寒山合口與桓韻分圖，「分韻」指二者脣音與牙喉音讀音有區別。

（五）-n、-ng 韻尾進一步相混

從「以蘭爲郎」、「以心爲星」等例證明-n、-ng 韻尾的相混，且範圍從曾、梗、臻攝字擴大到宕攝、山攝。今合肥、揚州「以心爲星」，合肥「讀堂如檀」。

貳　非官話系方言

這一類包括所有非官話系的方言，如吳、閩、贛、湘、粵、客等方言區韻學著作。今依據耿振生（1992：154～163）研究，以爲吳方言與本文討論較具密切關係，其餘方言故不贅述。

現代吳語的分布區域包括江蘇省江南鎮江以東部分、崇明島、江北南通等縣，以及浙江省的絕大部分。明清之際有不少等韻學家都是安徽人，然而著作所呈顯的未必是同一類語言，耿氏以 1540 年江蘇昆山王應電所創作的《聲韻會通》作爲明代吳語的的代表。其語言特徵如下：

聲母系統方面，所呈現的現象有：（一）匣喻合一；（二）奉微合一；（三）日母歸入禪母；（四）知照、知莊分別混用。

韻母系統反映的現象有：（一）中古的山咸攝一等與二等分韻；（二）宕攝分爲兩韻，開三陽韻自成一類，一等與合三陽韻合爲一類，並與江攝合流；（三）北方話舌齒音的合口字，讀作開口呼；（四）臻深梗曾四攝合爲一類。

聲調方面則反映平上去入均分陰陽的情形，較一般官話區複雜許多。

參　存古音系

存古音系可以依據所描寫的對象而細分爲三類，分別爲：（一）爲上古音系編制的韻圖，例如戴震《聲類表》；（二）分析《廣韻》音系的韻圖，例如江永《四聲切韻表》；（三）根據《切韻指南》改編的韻圖，例如《等韻切韻指南》。

〔註11〕關於《西儒耳目資》的音系及相關論述，參見王松木（1984：143～162）以爲南京話爲此書基本音系。

然而，從前面所歸納出的現象來看，都一再地說明《音聲紀元》一書與《切韻指南》有密切關係，因此，僅就第三類《切韻指南》相關韻圖進行說明：

宋元之際的韻圖當中，劉鑑的《經史正音切韻指南》是流傳最廣的，在明清音韻學領域裡，有幾種韻圖是以其為藍本加以改編的。這些韻圖的基本音系結構仍然保留原圖的特色：十六攝、內外轉、開合四等。只是在一些枝節部分進行修改，例如改動圖格排列的順序、增減或移動少數例字，改動對於開合的安排（併開合為一圖、「易開為合」或「易合為開」）等等，例如《等韻切韻指南》。

肆　混合音系

這一類的韻學著作數量多，內容與形式都較為複雜。耿振生（1992：167）依據聲母的特點將其分為三類：（一）以 36 字母作為聲母體系，這類聲母嚴守中古聲母系統的舊規，僅進行少數的改動，所見的兩個層次，一個是傳統三十六字母的層次，另一則為更動反映時音部分，因此，依據耿氏所言，此類音系中的全濁音實際上已經消失；（二）歸併 36 字母而保存全濁聲母，最常見的一種類型就是將「知徹澄娘」併入「照穿床泥」裡頭，所剩三十二聲母，例如吳方言的《聲音會通》即是一例，此類音系全濁音仍然保留語音系統中；（三）不保存全濁聲母。在這三類，《音聲紀元》仍然保存全濁音，因此，僅有第二類相符。

筆者認為在《音聲紀元》同時的語音，可能存在著北方及南方官話性方言，此外，各地方音也是客觀獨立的，這些音系都可能被使用者反映於文字間；除此之外，有些聲韻學家志在復古，便將更古代的語音現象紀錄下來。由不同動機所創作的韻學著作，也造就了不同的書面音系。

第二節　《音聲紀元》音系之確定

由於《音聲紀元》背景資料並不豐富，加上《四庫全書總目提要》「遂使宮商舛誤，清濁逆施，以是審音未睹其可，又論與表自相矛盾，亦為例不純。」這番嚴苛的批評，使得相關研究者寥寥無幾，因此，對於作者以及此書的性質一直以來並沒有突破性的斬獲，對於書中的語音現象，也只是粗略性的說明。在本篇論文裡，筆者盡可能地處理《音聲紀元》一書的相關問題，也將書中所

反映的語音現象，有層次性且忠實的呈現，然而，所歸納出的現象卻和上述任一書面音系無法完全相合。

第四章與第五章在處理語音現象時，筆者盡可能地離析語言事實，因而顯現其間的複合性，耿振生（1993：44～53，21）揭示書面語料言就過程裡，必須考慮韻書韻圖中的複雜成分，因此，筆者不禁質疑《音聲紀元》書中是否真有所謂「單一代表音系」？以下逐次討論之：

壹 舊說述評

確立音系的工作在探討過程裡，必然有模糊不清的界線，任何人所操用的語言，都會由於時空、人為使用等因素，變得如同光譜一般，並不是非黑即白的對立，而是由零至一百之間的排列移動。面對這樣的材料，確立原則就如同耿振生（1992：141）所說的：

> 科學研究中的分類包括相對性，不同的類別之間界線並非截然分別
> 絕不混淆。由於可觀事物的複雜多樣性，不論以什麼樣的標準分類，
> 都會有一些處於過渡地帶或者叫做臨界狀態的對象，只能用人為規
> 定的界線把它們分開，但是不能因此否認分類的客觀性和必要性，
> 過渡地帶的存在不能泯滅大類之間的本質性區別。

然而，這樣的態度僅能從宏觀的研究角度來看，也就是說藉由這個方法將語料暫且歸置在語音史的適當位置；這樣的分類，只是粗略的參考，面對單一材料之際，必然會面臨許多的矛盾與衝突，《音聲紀元》的音系問題即是這樣。歷來確定《音聲紀元》音系的研究學者有三：

一、林平和《明代等韻學之研究》（1975）──存濁系統

林氏的研究能夠本於吳繼仕將二者互為體用的初衷，將〈前譜表〉、〈後譜表〉的聲韻母進行比對，以歷史串聯法將兩種圖表裡的聲韻母相互對應分別與中古及前代的韻學著作進行比對，過程雖然簡要，卻為《紀元》音系研究奠定基礎，並將此書歸入存濁系統。

林氏之所以將其歸入存濁系統，是根據趙蔭棠劃分近代語料的觀點，也就是說：由於近代漢語史裡，全濁聲母清化的現象是重要演變規律之一，因此，以語料聲母系統為考察對象，將語料分為兩系。林氏對於《音聲紀元》音系的

判斷工作，的確是跨進了一步；而缺點是以單一條件劃分音系，實過於簡略。

二、李新魁《漢語音韻學》（1983）——讀書音

李新魁《漢語等韻學》（1983）、《韻學古籍述要》（1993）對於聲母的討論則是僅以〈前譜表〉的六十六聲爲主，將之合併爲三十二個聲母，韻母部分則將之與《韻法直圖》進行比對，細分其韻類，爲其擬音；對於前後譜表是分別說明，因此未能對應出書中音系之一元性。然而，李氏卻以此爲基礎，將《音聲紀元》一書歸入讀書音系統，在一系列近代音現象的文章裡，也有零散的討論，大致來說，以「南音」、「讀書音」、「存濁」這些現象爲主要特徵。然而，這個讀書音音系究竟何指呢？李氏（1980：146～162）說：

> 從漢語發展的具體歷史事實來考察，漢語共同語的標準音，實際上一直表現於了兩個方面。一個是書面共同語的標準音，一個是口語共同語的標準音。書面語的標準音就是歷代相傳的讀書音，這種讀書音在南北朝以至唐代大體上就是《切韻》和《廣韻》所反映的讀音系統，……而口語的標準音就一直以中原地區的河洛語音（一般稱爲中州音）爲標準。直到清代中葉以後北京音才逐漸上升爲正音。

這個說法所指的，也就是傳統的《切韻》音系，換言之，李氏認爲《音聲紀元》所反映的是單一的守舊音系。

三、耿振生（1992）《明清等韻學通論》——吳方言

耿振生將明清等韻學分成了三大系，並進而分化內部更細微的音韻系統，書中將《音聲紀元》與吳方言區的《聲韻會通》進行比較，認爲應屬吳語音系。暫不論吳氏說法的正確與否，然而，值得注意的是，吳氏對音系的論定，能考慮更爲細部的方言分區，此爲其優點所在。

綜合上述三種說法，其間的共同性在於認定《音聲紀元》全濁聲母的存在。然而，在研究學者各自的論述中，並未詳舉論證過程，因此，無法依據其行文過程判斷對錯。在筆者探討語音現象之後進行比對，發現就目前所有的三種說法來說，所呈現的語音現象並不完全等同於《音聲紀元》的系統，因此，以下將進行細部的探討。

貳 方言音系的比對

《音聲紀元》一書所呈現出的音系爲何？除了探求語料所反映的現象之外，作者的著書心態也是值得探討的，吳氏在書中已經開宗明義地說出著書旨趣：

> 余之紀元者，循天地自然之音聲，一一而譜之；毋論南北，毋論胡越，雖昆蟲鳥獸，總不出此音聲之外；憑而聽之，皆可識矣。以之治曆制樂，庶乎其旨哉！（《音聲紀元‧卷之一》）

就此論之，吳氏認爲書中所呈現的音系是能夠「紀天地之元」的，然而，所指實質爲何呢？

楊耐思（1993：254）說：「宋元明清的一些韻書、韻圖等往往在一個音系框架中，安排兩個或兩個以上的音系的作法，是造成音系「雜揉」性質的眞正原因。根據這種情況，我們就有了一種新的研究方法，這種方法可以稱作「剝離法」，把各個音系剝離出來，加以復原。」因此，筆者將《音聲紀元》與各方言音系進行比對，而清楚將其音韻現象更具有系統性地表現出來。以下是筆者分別就聲、韻、調三部份所整理出的結果：

一、聲母系統

筆者已於上文將《音聲紀元》的聲母系統擬構爲30個，以爲這個系統並不隸屬任一音系，主要的原因在於這些語音現象顯現出不同的層次，進而將其分別與各方言現象比較，結果顯現出不同的語音現象與多個方言相類似。

（一）影、喻、疑、匣（部分）合併

事實上，這項規律包含有兩種現象，其一是指「影、喻、疑合流」，鄭再發（1966：645～646）提出北方官話的十項語音演變規律，其中一項即是零聲母的出現。其二是指「匣喻爲合一、疑母半讀喻母」，這項規律在第四章已經討論過，筆者認爲這項規律與吳方言類似。

（二）泥、娘、疑母（部分）合流

這項規律包含兩種語音現象，其一是指「泥、娘合流」，這個現象從現代方言來說是北方官話之前身，可見在當時泥、娘不分，且讀作舌尖鼻音的情形；其二是泥娘疑於細音部分合併，而讀入娘母，筆者根據清代潘耒《類音》反映現象作爲本文佐證，認爲這個現象應爲吳方言之反映。

（三）知、照系合流

這裡所指的照系包含莊系及照系二組，筆者在這個語音現象裡，發現依據聲母的混用情形，可以再細分為二類：其一是知、莊、照三組合流，根據歷來學者的研究，可以確定此乃北方官話的語音演化規律之一；其二是知莊、知照分別混用，筆者認為這項規律與現今吳方言所反映的現象是相似的，認為莊系到近代才與精系混用。

（四）非敷合流、非奉分立

非敷合流在重唇音演化成輕唇音之際，就已經發生。既然上述幾種現象，將《音聲紀元》與北方官話、吳方言進行比較能得到圓滿的解決，此處亦然。而北方官話將非敷奉合一，吳方言則將非敷合一、奉母獨立，因此，筆者認為這個現象是屬於吳語現象。

二、韻母系統

（一）舌尖韻母[ɿ]的出現

然而，[ɿ]這個音位形成的相關研究，薛鳳生（1980：73～97）即有開創性的見解，利用語料分析進而呈現舌尖韻母的演變史；竺家寧（1990：223～238）依據所研究的近代語料進行層次性的說明，將中古至近代韻學著作裡的舌尖韻母挑出來討論，並且與現今國語「支痴師」、「資疵思」、「而爾二」等音進行聯繫，因此，筆者確定此乃北方官話語音現象。

（二）雙唇韻尾消失

中古之際，-m、-n、-ŋ韻尾俱全，王力（1982：135）說：

> 在北方話裡，-m 的全部消失，不能晚於十六世紀，因為在十七世紀
> 初葉（1626）的《西儒耳目資》裡已經不再有-m 尾的韻了。到了十
> 六世紀，-m 尾變成-n 尾。

在現代國語音系裡，《切韻》-m 韻尾字都已經併入-n 尾各韻，不再有讀作-n 尾的音；同時《西儒耳目資》為南方系官話的代表，〔註12〕足見此語音現象同時為北方系以及南方系官話的語音現象。

（三）入聲韻尾的消失

筆者根據入聲演化的過程，判定《音聲紀元》入聲兼配陰陽，雖以混而無

〔註12〕參見王松木（1984：143～162）。

別，然而並還沒像《中原音韻》入派三聲情形相同，可見仍存有入聲聲調，只不過-p、-t、-k 韻尾發生部位後移，因而弱化成相同的喉塞音[-ʔ]。再者，入聲的有無及演化情形一直是方言分區的條件之一，在《音聲紀元》所反映的現象與官話系統、吳方言相較，則認為與現代江淮官話現象最為相符，屬南方系官話。

（四）宕攝字分成兩類

耿振生（1992：158）認為吳語裡，將宕攝字分成兩韻，三等開口陽韻自成一類，一等唐韻與合三陽韻為一類，並與江攝合流，〈前譜表〉則反映這樣的現象。然而筆者觀察現象，〈後譜表〉並未收唐韻，此處筆者只能保守說吳氏依開闔分圖。這種現象惟獨出現於吳方言，官話與中古系統都未見此情形。

三、聲調系統

《音聲紀元》於聲調系統中反映「平聲未分陰陽」、「入聲（調類）的存在」兩種情形。若僅就入聲論之，則與江淮官話是相合的；然而，若將二者視為一體，筆者認為這個現象是屬於存古，與中古音系相合。

綜合上面說法，將《音聲紀元》裡的語音現象進而與明清書面音系比較，所呈現的面貌無法完全相合，僅只有部分的相似。因此，在這個小節，筆者認為林平和的說法過於籠統，而耿振生認為此書屬於吳方言音系，李新魁考定出的結果，以為是存古的書面讀書音，筆者以為耿、李之說都不足以成立。而吳氏心中所呈現的「天地音聲」所指的也就是兼具南北的語音現象。

《音聲紀元》與明代萬曆時期的各個音系關係為何？ 筆者以音系為綱，歸納各個現象與音系之間的關係，並略加說明其演變情形或在現代漢語的型態。

一、官話音系

（一）聲母系統

1. 影、喻、疑合一：這三個聲母在近代合流，讀為零聲母，直到現代所含括反為擴大，加入微日二母。

2. 泥、娘混用：這兩個聲母在現代官話裡多已合流，且讀為舌尖音，且在部分地分逐漸與來母[l]相混。

3. 知、莊、照三系合流：這三組聲母在現代國語已經讀為捲舌音，然而在《音聲紀元》時僅是合用，且讀作舌面音。

（二）韻母系統

1. 舌尖韻母[ɿ]的出現：這個韻母主要是從止攝韻母的對立而產生的，然而此時這個音位裡尚未包括[ɚ]成分。

2. 雙唇韻尾消失：在官話系統裡，雙唇韻尾於近代歸併入舌尖韻尾。

3. 入聲韻尾的消失：此爲官話特殊現象，根據鮑明煒（1993：71～76，85）說法，入聲存在是江淮官話特色，因而歸於南方官話語音現象。

（三）聲調系統

1. 入聲調類的存在

二、吳方言音系

（一）聲母系統

1. 匣喻爲合一、疑母半讀喻母：這幾組聲母合流，同讀入零聲母，與官話情形相同。

2. 保有全濁聲母：《音聲紀元》裡保存大量全濁聲母，這個現象在吳方言仍然存在。

3. 泥、娘、疑母於細音部分混用，讀入娘母：這組聲母混用之後讀入娘母，而泥娘之間若加上細音，於發音之際實無明顯區別。

4. 知莊、知照分別混用：在徽州語言的這些聲母，有不一樣的發展趨勢，其一則是源自於吳語的影響，將知莊、知照清楚分開，莊系並進而與精系相配。

5. 非敷合流、非奉分立：從中古、《音聲紀元》至於現代吳語，非敷奉三個聲母的分合現象，仍然是相同的。

（二）韻母系統

1. 宕攝字分成兩類：此乃吳語顯著的語音現象，即是宕攝開三陽韻自成一類，宕攝唐韻與合三陽韻自成一類，並與江攝合流。

三、存古系統

（一）聲母系統

1. 保有全濁聲母：中古聲母仍有全濁系統，結構對應整齊，《音聲紀元》也充分反映這樣的情形。

（二）聲調系統

1. 平聲不分陰陽：這種現象乃是中古前期的音韻特色。

2. 入聲調類的存在

《音聲紀元》一書的層次之多，無法爲單一音系所涵蓋，即使筆者竭盡心力地窮盡探索書中所反映的音韻層次，也無法絕對斷定何種音韻層次隸屬於某一音系，因此，在這一段的討論裡有些許重疊部分。也由於這樣的情形，企圖論定單一音系的說法，是不能成立的。因此，本文結論以爲《音聲紀元》一書具有多核音系，包括北方官話、江淮官話、吳方言、存古的《切韻指南》音系。

第七章　結　論

　　由於筆者論文重心在於鼇清《音聲紀元》一書的音系，在研究過程裡，蒐集、參考前賢研究心得，盡可能地呈現原書面貌，架構吳繼仕的聲學理論。因此，本章結論部分，首先就本篇論文歸納結果進行說明，有助於掌握論文裡的重要概念；其次，筆者在研究過程裡，發現本論題的深度與廣度都是有待開展的，也一併於下文說明。

第一節　本文研究綜述

　　研究的重心偏重於音系論定，因此以下說明部分，對於緒論及作者相關旁枝問題，則不贅述，僅擇要說明。

壹　《音聲紀元》的編排及音論分析

一、圖格分析與音韻架構

　　《音聲紀元》包括有〈前譜表〉、〈後譜表〉兩種韻圖，不論在形制、安排上都有所不同。〈前譜表〉乃是依韻分圖，共計 24 圖，每圖縱分四欄，橫分四行，與 66 聲母、24 韻部相配，每欄裡以四聲相承觀念填字，每一圖表以聲韻調相配表示，共計可填入 260 音位，而吳氏這樣的安排，目的是爲了學習邵雍記錄天地之音。〈後譜表〉與〈前譜表〉互爲體用，各圖分十二律排列，並以開

闓細分爲二十四圖，聲母共有三十六，其安排形式與《切韻指南》相仿，僅在「羽」聲部分有所不同，每圖以四欄分之，由上而下表示一至四等。

二、歸字的排列與依據

李新魁首先提出〈後譜表〉與《切韻指南》之間在形制上的密切關係，王松木明確地指出《指南》實爲〈後譜表〉依據藍本。我們經過詳細的比對，發現二者相合最低程度亦有 92％，即使其中自有更易，多出自於《五音集韻》同音小韻，因此，這些例證更可以充分斷定其歸字根據。筆者堅守著《五音集韻》、《切韻指南》互爲體用的觀點，分別將〈前譜表〉與《廣韻》、《五音集韻》進行歸字及音韻地位的比對，以確定〈前譜表〉的歸字來源。

三、《音聲紀元》音論分析

吳繼仕在《音聲紀元》所呈現的音學觀念，與趙宧光《悉曇經傳》相同者竟多達 11 條，足見吳氏深受影響。而吳氏的聲韻學觀點在論「翻竊」之際，以爲音韻研究的規律是由「反」而有「切」，之後分有「四等」觀念，等韻學家則「立門法」說解之；並提出南北方音殊異現象，在其觀念裡也具有音變觀念；除此之外，吳氏對於古音的觀點，則與焦竑、陳第相同，以爲古籍有古讀之法。

貳　《音聲紀元》的聲母系統

一、聲母系聯及現象分論

將前後譜表聲母進行聯繫時，筆者以爲〈前譜表〉才是吳氏系統中的創新，也是研究偏重所在，其聲母系統的特色在於「聲介合母」。藉由聲母系統的比較過程，可離析其中語音層次有二：類似官話者，有影喻疑合流、泥娘混同、知照不分、非敷不分等現象；值得注意的是，有類似吳方言的匣喻合一疑母部分讀入喻母、泥娘疑混同，知莊、知照分用、非敷不分等現象，釐清聲母系統的雙重性。

二、聲母分論及擬音

在分析過程裡所反映的語音現象，筆者發現此音系的性質並未能離析出單一核心音系，乃是屬於多核音系，若我們硬是分成兩個層次，或許擬構出兩套聲母，而筆者也不禁反問：薄弱的幾種語音現象，如 A 與 B 有「些許相似」，是否能證明 A 即爲 B 的前身？因此，筆者決定客觀呈現原貌。所以，此處我們

沒有將聲母系統做出層次上的釐清，僅只先根據其混用條件，將客觀事實陳述出來，因此將這套聲母擬成 30 個，並擬出音值，試以表列如下：

發音部位	聲　目					
唇音	幫：p	滂：p'	並：b'	明：m		
	非：f	奉：v	微：ɱ			
齒頭音	精：ts	清：ts'	從：dz'	心：s	邪：z	
齒音	莊：tʃ	初：tʃ'	床：dʒ'	疏：ʃ	娘：ɳ	日：nʑ
舌音	端：t	透：t'	定：d'	泥：n	來：l	
牙音	見：k	溪：k'	群：g'	疑：ŋ		
喉音	曉：x（h）	匣：ɦ	喻：ø			

參　《音聲紀元》的韻母及聲調系統

一、韻母概說及分論

前後譜表韻目數雖都是 24，然而排列順序、內容並不相同。〈前譜表〉是以「韻部」觀念呈現，其「合韻」的方式與韻書相似；〈後譜表〉是以「韻攝」觀念呈現，將《切韻指南》十六攝依據開闔填入 24 圖裡。筆者將前後譜表進行系聯，最後以《切韻指南》所用的十六攝做為題綱，於每一攝名下說解前後譜表所包括的韻母內涵。

二、韻母現象討論及音值擬測

筆者離析出在前後譜表裡，分別並存著兩個系統：一是屬於保守性系統，包括〈前譜表〉裡臻深、山咸韻尾尚未混同，以及〈後譜表〉裡止攝、蟹攝仍未分化，山攝、遇攝均尚未產生語音演變；第二種是創新系統，即〈後譜表〉已將中古韻部進行反映語音的分化，〈後譜表〉裡，[-m]韻尾已經消失。這些現象與學者所說的多不相同，此乃值得探究之處。綜合論之，《音聲紀元》所反映的現象包括有舌尖韻母的產生、雙唇韻尾的消失、入聲塞音韻尾的消失。此外，並於文末擬測韻母音值。

三、聲調現象討論

其聲調系統，仍然保存平上去入四聲，其特色在於平不分陰陽，入聲調類仍然存在，卻轉變為喉塞音韻尾。

肆 音系論定

第六章是討論音系的部分,雖然本文題名作《音聲紀元音系研究》,然而從研究過程中,筆者認為此書具備的是多核音系,包括存古、映今兩部分。其中存古所反映的是《切韻指南》音系,而映今部分包括有官話、吳方言現象,因此,嚴格論之,屬於混合音系。由於當初筆者研究動機是由於耿振生與李新魁對音系判定說法不一,推論過程與結論證明筆者所提出看法,是較公允的,而這樣的論定觀點也是本文最終的目的。

第二節 論題的開展與深入

在研究過程裡,筆者盡可能地發現、探討《音聲紀元》所呈現的問題。即使本章結論已將論文所歸納出的研究大要作一論述,然而,由於筆者的才學有限,對於《音聲紀元》一書的材料,相信仍是不足的。基於這樣的觀點,更堅信著論題能在延展其中的深度與廣度,筆者以為在《音聲紀元》書中所收例字除能歸納音系之外,也可看出個別字音的變化,以下簡述說明:

壹 從例外現象來看當時方言及音變現象

在第四章〈聲母概說及系聯〉一節裡,筆者曾經將《五音集韻》所有的反切一一填入〈前譜表〉,並將前後譜表進行比較,使六十六聲母與三十六字母作一對當。在過程中,歸納出兩種情形,一種是高比例的正常歸派現象,我們用以討論吳氏語言的常態,也作為判斷音系的依據;另一種則是比例偏低的例外歸派現象。

這些現象的例子大部分都只有一、二個,並無法作為音系的依據,而且我們已經證實,吳繼仕書中所呈現的語音現象根本不是單一層次,所以,我們也不能將這些少數現象只當作方音。

其中所反映的現象層次不一,如在〈前譜表〉「恩」聲裡「影」、「溪」混用,反映喉音與舌根音由於發音部位接近混同;「亨」、「興」聲裡反映「曉、匣、影」喉音部位音相混;「蓬」聲裡「幫」、「並」母相混,「根」、「斤」聲裡「見」、「群」混用,代表著「濁音清化」現象的出現。

這些現象雖然仍屬於《音聲紀元》所反映,而本文的重點在於討論其音系,

對於例外現象的處理則僅先忠實呈現，這些例字都是值得再深入探討的。

貳　從個別字音來看類化現象

　　所謂的類化現象是指「一種發音被另一種音吸引，而脫離了正軌，變的和那個音一樣，這叫做『類化作用』」〔註1〕。這一類字的音讀，在古代的韻學著作中，我們無法根據音切判斷它的音韻地位，因為其音讀有不同來源，有的與諧聲偏旁相似，或是與同偏旁的字相似。例如：「棍」字應為匣母，然而，於《音聲紀元》中，卻與屬於見母的「昆」字同處於「光」聲底下。或如：「洪」屬匣母，與屬於群母的「共」字同屬於「根」聲。根據竺家寧（1985：159～172）的研究，類化作用不僅只是有邊讀邊的現象，仍包括聲母的類化、韻母的類化多種類型。

　　因此，筆者認為在《音聲紀元》中的個別字，可以再進行類化現象的研究，探討字形、聲韻母等類化現象，以及到國語演變的層次。

〔註1〕　見竺家寧（1985：159）。

參考書目

（古籍依照年代排列，今人著作不分類、依照作者筆畫順序排列）

（一）古　籍

1. 〔梁〕顧野王，《玉篇》，台北：中華書局，1982（臺四版）。

2. 〔唐〕李延壽，《南史》，台北：鼎文書局，1972 影印。

3. 〔宋〕陳彭年（重修）、林尹（校訂），《宋本廣韻》，台北：黎明文化出版社，1988（第十版）。

4. 〔宋〕丁度，《集韻》，台北：中華書局，1980（臺三版）。

5. 〔元〕劉鑑，《經史正音切韻指南》，《等韻五種》，台北：藝文印書館，1996 影印。

6. 〔金〕韓道昭著，甯忌浮校訂，《校訂五音集韻》，北京：中華書局，1992 影印。

7. 〔明〕吳繼仕，《四書引經節解圖考》，十七卷：明崇禎間（1628～1644）刊本。

8. 〔明〕吳繼仕，《音聲紀元》，六卷，明萬曆辛亥年徽郡吳氏熙春樓刊本，二冊。

9. 〔明〕吳繼仕，《音聲紀元》，六卷，明萬曆間重刊本，六冊。

10. 〔明〕吳繼仕，《音聲紀元》，北京圖書館藏明萬曆刻本，《續修四庫全書·經部小學類》254 冊，上海：上海古籍出版社，1995 影印。

11. 〔明〕李文利，《大樂律呂元聲》，浙江圖書館藏明嘉靖十四年布政司刻本，《四庫全書存目叢書·經部樂類》182 冊，台南：莊嚴出版社，1997 影印。

12. 〔清〕趙紹箕，《拙菴韻悟》，臺灣師大國研所藏書。

13. 〔清〕李汝珍，《李氏音鑑》，木樨山房藏板。

（二）今人著作

1. 〔日〕平田昌司，1979，〈"審音"與"象數"——皖派音學史稿序説〉，《均社論叢》9：34～60。

2. 〔日〕平田昌司，1984，〈《皇極經世聲音唱和圖》與《切韻指掌圖》——試論語言神秘思想對宋代等韻學的影響〉，《東方學報》56：179～215。

3. 丁邦新，1986，〈十七世紀以來北方官話之演變〉，《近代中國區域史研討會論文集》577～592。

4. 丁邦新，1987，〈論官話方言研究中的幾個問題〉，《歷史語言研究所集刊》58.4：809～841。

5. 丁邦新，1992，〈漢語方言史和方言區域史的研究〉，《中國境內語言學暨語言學》1：23～39。

6. 上海古籍出版社編，1993，《續修四庫全書總目提要·經部》（下），北京：中華書局。

7. 中國大百科全書出版社編，1994，《語言文字百科全書》，北京：中國大百科全書出版社。

8. 中國社會科學院、澳大利亞人文科學院合編，1987，《中國語言地圖集》，香港：朗文出版社。

9. 孔仲溫，1981，《韻鏡研究》，台北：學生書局。

10. 方松熹，1984，〈舟山群島的方言〉，《方言》1984.1：14。

11. 王力，1982，《漢語史稿》，濟南：山東教育出版社（今收於《王力文集》9，1988出版）。

12. 王力，1985，《漢語語音史》，濟南：山東教育出版社（今收於《王力文集》10，1988出版）。

13. 王士元，1988a，〈聲調發展方式一説〉，《語文研究》1：38～42。

14. 王士元，1988b，《語言與語音》，台北：文鶴出版社。

15. 王兆鵬，1991，〈論科舉考試與韻圖〉，《山東師大學報》1：60～63。

16. 王松木，1994，《西儒耳目資所反映的明末官話系統》，嘉義：中正中文所（碩論）

17. 王松木，2000，《明代等韻的類型及其開展》，嘉義：中正中文所（博論）

18. 北大中文系教研室等編，1962，《漢語方音字匯》，北京：文字改革出版社（第二版）。

19. 北京圖書館編，1987，《北京圖書館古籍善本書目》，北京：書目文獻出版社。

20. 何九盈，1995a《中國古代語言學史》，廣州：廣東教育出版社。

21. 何九盈，1995b《中國現代語言學史》，廣州：廣東教育出版社。

22. 何大安，1988，《規律與方向：變遷中的音韻結構》，台北：中研院史語所。

23. 何大安，1996，《聲韻學中的觀念和方法》，台北：大安（第二版）。

24. 呂叔湘，1985，《近代漢語指代詞》，北京：學林出版社。

25. 李方桂，1984，〈論開合口——古音研究之一〉，《歷史語言研究所集刊》55.1：1〜7。

26. 李方桂，1985，〈論聲韻結合——古音研究之二〉，《歷史語言研究所集刊》55.1：1〜4。

27. 李行杰，1994，〈知莊章流變考論〉，《語言文字學》12：38〜46。

28. 李岳儒，2000，《潘耒類音與吳江方言的比較研究》，台北：台師大國研所（碩論）。

29. 李新魁，1979，〈論近代漢語照系聲母的音值〉，《李新魁語言學論集》163〜176，北京：中華（1994 出版）。

30. 李新魁，1980，〈論近代漢語共同語的標準音〉，《李新魁語言學論集》146〜162，北京：中華（1994 出版）。

31. 李新魁，1983，《漢語等韻學》，北京：中華書局。

32. 李新魁，1984，〈近代漢語介音的發展〉，《音韻學研究·第一輯》471〜484，北京：中華書局。

33. 李新魁，1991a，〈近代漢語全濁音聲母的演變〉，《李新魁音韻學論集》181〜205，汕頭：汕頭大學出版社（1997 出版）。

34. 李新魁，1991b，〈近代漢語南北音之大界〉，《李新魁音韻學論集》228〜266，汕頭市：汕頭大學（1997 出版）。

35. 李新魁，1992，〈論明代之音韻學研究〉，《李新魁音韻學論集》506〜536，汕頭：汕頭大學（1997。出版）

36. 李新魁，1993，〈四十年來的漢語音韻研究〉，《李新魁音韻學論集》537〜551，汕頭：汕頭大學（1997 出版）。

37. 李新魁、麥耘，1993，《韻學古籍述要》，西安：陝西人民出版社。

38. 李葆嘉，1998，〈論漢語史研究的理論模式及其文化史觀〉，《混成與推移——中國語言的文化歷史闡釋》：65〜112，台北：文史哲出版社。

39. 李葆嘉，1998，《當代中國音韻學》，廣州：廣東教育出版社。

40. 李榮，1973，《切韻音系》，台北：鼎文書局。

41. 李榮，1985，〈官話方言的分區〉，《方言》1985.1：2〜5。

42. 杜信孚，1983，《明代版刻綜錄》，江蘇：江蘇廣陵古籍刻印社。

43. 那宗訓，？？？，《中原音韻與其他三種元明清韻書之比較研究》，台北：廣文書局。

44. 那宗訓，1995，〈全濁上聲字是否均變爲去聲〉，《中國語文》1：61〜64（台北）。

45. 侍建國，1998，〈官話語音的地域層次及其歷史因素〉，《歷史語言研究所集刊》69.2 分：399〜417。

46. 周美慧，1999，《《韻略易通》與《韻略匯通》音系比較——兼論明代官話的演變與傳承》，嘉義：中正中文所（碩論）。

47. 周振鶴等，1986，《方言與中國文化》，上海：上海人民出版社。

48. 周祖謨，1979，《問學集》，台北：河洛出版社。

49. 林尹，1986，《中國聲韻學通論》，台北：黎明文化出版社。

50. 林平和，1975，《明代等韻學之研究》，台北：政大中文所（博論）。

51. 林慶勳，1971，《經史正音切韻指南與等韻切韻指南比較研究》，台北：文化中研所（碩論）。

52. 林慶勳、竺家寧著，1993，《古音學入門》，台北：學生書局。

53. 竺家寧，1972，《四聲等子音系蠡測》，台北：台師大國研所（碩論）。

54. 竺家寧，1982，〈近代漢語零聲母的形成〉，《近代音論集》125～138，台北：學生書局（1994 出版）

55. 竺家寧，1983，〈論皇極經世聲音唱和圖的韻母系統〉《近代音論集》139～158，台北：學生書局（1994 出版）。

56. 竺家寧，1985，〈宋代語音的類化現象〉，《近代音論集》159～172，台北：學生書局（1994 出版）。

57. 竺家寧，1990，〈近代音史上的舌尖韻母〉，《近代音論集》223～240，台北：學生書局（1994 出版）。

58. 竺家寧，1992，《聲韻學》，台北：五南出版社。

59. 竺家寧，1993，〈山門新語庚經韻所反映的語音變化〉，《第五屆近代中國學術研討會論文集》26～27，桃園：中央大學。

60. 竺家寧，1996，〈論近代音研究的現況與展望〉，第十四屆聲韻學學術研討會論文。

61. 竺家寧，1998a，〈論山門新語的音系及濁上歸去問題〉，中國音韻學第五次國際學術研討會，長春。

62. 竺家寧，1998b，〈山門新語姬璣韻中反映的方言成分與類化音變〉，《李新魁教授紀念文集》190～195，北京：中華。

63. 竺家寧，1999，〈山門新語所反映的入聲演化〉，《第二屆國際暨第六屆全國清代學術研討會論文集》19～21，高雄：中山大學。

64. 竺家寧，2000.08，〈山門新語與江淮方言〉，中國音韻學第十四次研討會暨漢語音韻學第六次國際研討會，江蘇：徐州師範大學。

65. 金有景，1998，〈漢語史上[ï]（ᶇ、ᶅ）音的產生年代〉，《徐州師範大學學報》3：57～60。

66. 姜忠姬，1987，《五音集韻研究》，台北：台師大國研所（博論）。

67. 姚榮松，《切韻指掌圖研究》，1973，台北：台師大國研所（碩論）。

68. 洪固，1970，《切韻指南之研究》，台北：輔大中文所（碩論）。

69. 唐作藩，1989，〈四聲等子研究〉，《語言文字學術論文集》291～312，上海：知識出版社。

70. 唐作藩，1991，〈唐、宋間止蟹二攝的分合〉，《語言研究》1：63～67。

71. 唐作藩、耿振生，1998，〈二十世紀的漢語音韻學〉，《二十世紀的中國語言學》1

～52，北京：北京大學出版社。

72. 唐明邦，1998，〈象數思維管窺〉，《周易研究》4：52～57。

73. 徐通鏘，1991，《歷史語言學》，北京：商務印書館。

74. 徐通鏘，1997，《語言論——語義型語言的結構原理和研究方法》，長春：東北師大出版社。

75. 耿振生，1992，《明清等韻學通論》，北京：語文出版社。

76. 耿振生，1993，〈論近代書面音系研究方法〉，《古漢語研究》4：44～53，21。

77. 耿振生，1999，〈明代學術思想變遷與明代音韻學的發展〉，第六屆國際暨第十七屆全國聲韻學學術研討會，台北：台灣大學。

78. 袁家驊，1989，《漢語方言概要》，北京：文字改革出版社（第二版）。

79. 馬希寧，1996.09，〈再談徽州方言古全濁聲母〉，《清華學報》26：3，279～321。

80. 馬希寧，2000，〈徽州方言的知照系字〉，《方言》2000.2：158～163。

81. 高本漢，1940，《中國音韻學研究》，北京：商務印書館（1995 出版）。

82. 國立中央圖書館，1992，《國立中央圖書館善本序跋集錄》，台北：國立中央圖書館。

83. 國家圖書館，1996，《國家圖書館善本書志初稿》，台北：國立中央圖書館。

84. 張玉來，1991，〈近代漢語官話入聲的消亡過程及相關的語音現象〉，《山東師大學報》1：64～68。

85. 張玉來，1998，〈近代漢語官話韻書音系的複雜性〉，《山東師大學報》1：90～94。

86. 張玉來，1999，〈近代漢語官話韻書音系複雜性成因分析〉，《山東師大學報》1：77～80，85。

87. 張明聚編著，1996，《中國歷代（公元前 221～公元 1991）行政區別》，北京：中國華天出版社。

88. 張清常，1944，〈中國聲韻學所借用的音樂術語〉，《語言學論文集》209～228，北京：商務印書館（1993 出版）。

89. 張清常，1956，〈李登《聲類》和"五音之家"的關係〉，《語言學論文集》228～239，北京：商務印書館（1993 出版）。

90. 張清常，1982，〈-m 韻古今變遷一瞥〉，《語言學論文集》96～102，北京：商務印書館（1993 出版）。

91. 張琨，1983，〈漢語方言中鼻音韻尾的消失〉，《中央研究院歷史語言研究所集刊》第 54.1：3～74。

92. 張琨，1985，〈論吳語方言〉，《中央研究院歷史語言研究所集刊》，56.2：215～260。

93. 張衛東，1992，〈試論近代南方官話的形成及其地位〉，《深圳大學學報》3：73～78。

94. 曹正義，1979，〈中古知、照聲系類變管測〉，《語言文字學》1：81～94。

95. 曹正義，1991，〈近代-m 韻嬗變證補〉，《語言研究》1：142～143。

96. 陳其光，1991，〈漢語鼻音韻尾的演變〉，《語言研究》1：122～129。

97. 陳梅香，1993，《皇極經世解起數訣之音學研究》，高雄：中山中文所（碩論）。

98. 陳貴麟，1996，《韻圖與方言——清代胡垣〔古今中外音韻通例〕音系之研究》，台北：沛革企業出版社。

99. 陳新雄，1974，《等韻述要》，台北：藝文印書館（1991 第五版）。

100. 陳新雄，1976，《中原音韻概要》，台北：學海出版社。

101. 陳新雄，1980，《重校增訂音略證補》，台北：文史哲出版社。

102. 陳新雄，1982，《聲類新編》，台北：學生書局。

103. 陳新雄，1984，《鍥不舍齋論學集》，台北：學生書局。

104. 陳新雄，1999，《古音研究》，台北：五南出版社。

105. 陸志韋，1946，〈記邵雍皇極經世的天聲地音〉，《燕京學報》31：71～80。

106. 麥耘，1988，〈由尤、幽韻的關係論到重紐的總體結構及其他〉，《語言研究》2：124～129。

107. 麥耘，1991，〈切韻知、莊、章組及相關諸聲母的擬音〉，《語言研究》2：107～114。

108. 馮蒸，1988，〈論漢語音韻學的發展方向——爲紀念李方先生而作〉，《漢語音韻學論文集》1～12，北京：首都華東師大出版社（1997 出版）。

109. 馮蒸，1989，〈漢語音韻研究方法論〉，《漢語音韻學論文集》13～33，北京：首都華東師大出版社（1997 出版）。

110. 馮蒸，1996，〈趙蔭棠音韻學藏書台北目睹記——兼論現存等韻學古籍〉，《漢語音韻學論文集》405～436，北京：首都華東師大出版社（1997 出版）。

111. 甯忌浮，1987a，〈金代漢語語言學述評〉，《社會科學戰線》1：333～345，264。

112. 甯忌浮，1987b，〈試談近代漢語語音的下限〉，《語言研究》，2：52～56。

113. 甯忌浮，1991，〈切韻指南入聲韻兼配陰陽試析〉，《語言研究》1：14。

114. 甯忌浮，1993，〈《切韻指南》的唇音開合與入配陰陽——《切韻指南》研究之二〉，《社會科學戰線》6：254～265。

115. 甯忌浮，1994，〈《五音集韻》與等韻學〉，《音韻學研究》3：80～88，北京市，中華書局。

116. 甯忌浮，1995，〈《切韻指南》的列字和空圈——《切韻指南》研究之一〉，《吉林大學社會科學學報》4：76～84。

117. 楊亦鳴，1989，〈《李氏音鑒》音系的性質〉，《語言研究》2：82～93。

118. 楊耐思，1979，〈近代漢語-m 的轉化〉，《語言學論叢》7：16-27。

119. 楊耐思，1986，〈近代漢語「京、經」等韻類分合考〉，《音韻學研究》第二輯：220～233，北京：中華書局。

120. 楊耐思，1993，〈近代漢語語音研究中的三個問題〉，《中國語文研究四十年紀念文集》251～256，北京：北京語言學院。

121. 葉寶奎，2000，〈關於漢語近代音的幾個問題〉，《古漢語研究》3：14～18。

122. 董同龢，1949，〈等韻門法通釋〉，《史語所集刊》14：257～306。

123. 董同龢，1974，〈聲母韻母的觀念和現代的語音理論〉，《董同龢先生語言學論文選集》341～352。

124. 熊正輝，1990，〈官話區方言分 ts tʂ 的類型〉，《方言》1990.1：1～10。

125. 趙元任，1968，《語言問題》，北京：商務印書館（1999 出版）。

126. 趙蔭棠，1984，《中原音韻研究》，台北：新文豐出版社。

127. 趙蔭棠，1957，《等韻源流》，台北：文史哲出版社（1985 再版）。

128. 潘雨廷，1994，〈邵雍與《皇極經世》的結構思想〉，《周易研究》4：5～16。

129. 鄧興鋒，1992，〈明代官話基礎方言新論〉，《南京社會科學》5：112～115

130. 鄭仁甲，1991，〈漢語卷舌聲母的起源和發展〉，《語言研究》1：138～141。

131. 鄭再發，1966，〈漢語音韻史的分期問題〉，《歷史語言研究所集刊》第 36 本（下）：635～648。

132. 鄭錦全，1980，〈明清韻書字母的介音與北音顎化源流的探討〉，《書目季刊》14：77～87。

133. 黎新第，1995a，〈明清時期的南方官話方言及其語音特點 〉，《重慶師院學報》4：81～88。

134. 黎新第，1995b，〈南方系官話方言的提出及其在宋元時期的語音特點〉，《重慶師院學報》1：115～123。

135. 鮑明煒，1993，〈江淮官話的特點〉，《南京大學學報》4：71～76，85。

136. 應裕康，1972，《清代韻圖之研究》，台北市：弘道出版社。

137. 戴念祖，1994，《中國聲學史》，石家莊：河北教育出版社。

138. 薛鳳生，1980，〈論支思韻的形成與演進〉，《漢語音韻學十講》73～97，北京：華語教學出版社（1998 出版）。

139. 薛鳳生，1985.1，〈等韻學之原理與内外轉之含義〉，《漢語音韻學十講》24～45，北京：華語教學出版社（1998 出版）。

140. 薛鳳生，1992，〈傳統聲韻學與現代音韻學理論〉，《漢語音韻學十講》10～23，北京：華語教學出版社（1998 出版）。

141. 薛鳳生，1996.8，〈也談幾個漢語音韻史的理論問題〉，《漢語音韻學十講》1～9，北京：華語教學出版社（1998 出版）。

142. 瞿冕良編著，1999，《中國古籍版刻辭典》，濟南：齊魯書社。

143. 羅常培，1956，《漢語音韻學導論》，台北：里仁書局（1982 出版）。

144. 羅常培，1978，《羅常培語言學論文選集》，台北市：九思出版社。

145. 饒宗頤編著，1999，《悉曇經傳——趙宧光及其《悉曇經傳》》，台北：新文豐出版社。

146. 饒宗頤，1969，《明清歷科進士題名碑錄》，台北市：華文出版社。

附錄：書影

重刊本〈焦竑序〉

熙春樓版〈前譜表〉

熙春樓版〈後譜表〉

重刊本內文及墨筆圈點

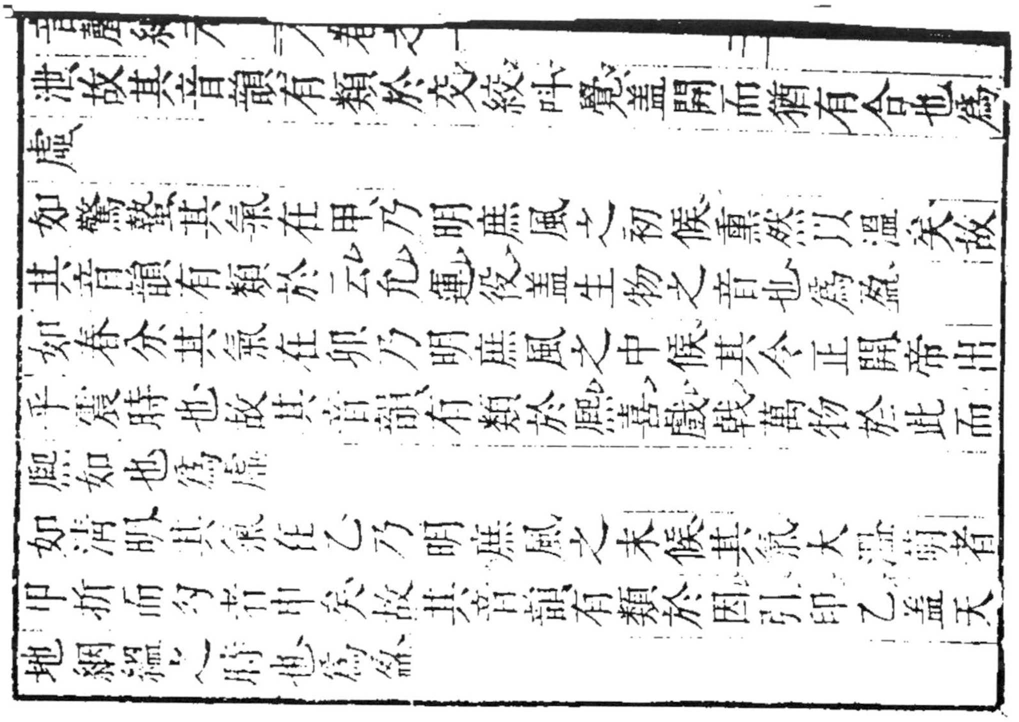

泄故其音韻有類於交絞叶覺蓋開而猶有合也爲
虛
如驚蟄其氣在甲乃明庶風之初候雷然以溫矣故
其音韻有類於[illegible]蓋生物之音也爲氣
如春分其氣在卯乃明庶風之中候其令正開帝出
乎震時也故其音韻有類於熙嘻戲晞萬物於此而
熙如也爲虛
如清明其氣在乙乃明庶風之末候其氣大溫萌者
甲拆而句者出矣故其音韻有類於因引印乙蓋天
地絪縕之時也爲氣

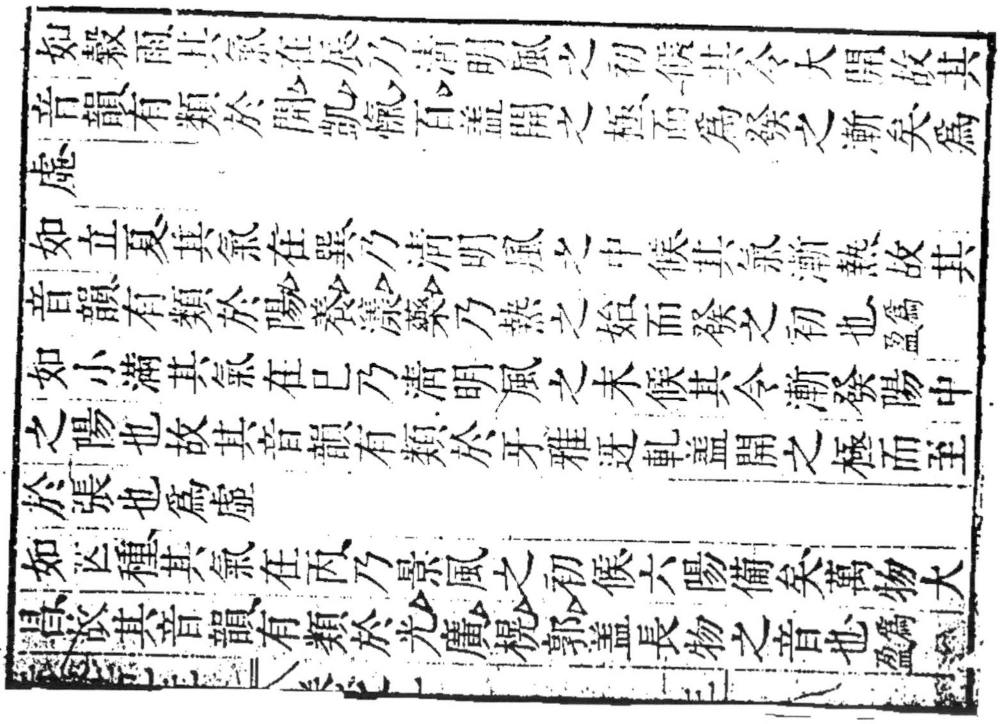

如穀雨其氣在辰乃清明風之初候其令大開故其
音韻有類於開凱慨[illegible]蓋開之極而爲發之漸矣爲
虛
如立夏其氣在巽乃清明風之中候其氣漸熱故其
音韻有類於陽養漾藥乃熱之始而發之初也爲盈
如小滿其氣在巳乃清明風之末候其令漸發陽中
之陽也故其音韻有類於牙雅迓軋蓋開之極而至
於張也爲虛
如芒種其氣在丙乃景風之初候六陽備矣萬物大
昌盛故其音韻有類於光廣桄郭蓋長物之音也爲盈

萬曆重刊本〈吳敘〉及侄孫校訂字樣

音聲紀元卷之五

冊山吳繼仕公信甫著　姪孫吳祚長孺甫訂

聲音之始漸徵而著毫釐少差尋丈舛謬音以律諧韻以律布五音隨呼四聲齊赴輕重有倫開闔有度圓如貫珠湍如鳴璐被於管絃可通韶頀作音聲紀元十二律音聲分韻開闔後譜表

余既爲二十四氣音聲韻表矣茲復爲十二律開闔表者何盖造化之理縱横不齊故圖亦參互交錯上下反對猶陰陽動靜之互相爲根譬如一磨必兩齒上下不齊然後乃能碎物若上下均齊則

音聲紀元　卷五

《續修四庫全書》版〈焦竑序〉、吳繼仕敍

君之此編雖脫出而與之角近
之話經正史訂子滙集也可遠
之咸文定象治曆審音也亦可
余故樂書其首以爲讀者告安
知無遺其聲音通其原委如君
者以共禪同文之化哉
萬曆辛亥冬滬園居士焦竑著

音聲紀元序

三

音聲紀元敍

夫音聲之學萬世同原古今雖殊音聲不異四方各
域氣不殊然宇宙間一氣耳氣一出則有音爲有
聲焉音聲旣具文義斯存諮之以氣律呂具矣非牽
合附會者也蓋天地自然之元而音之與聲氣之與
律呂會耳何謂音宮商角徵羽是也卽喉齒舌牙脣
平上去入是也何謂律呂卽以音聲叶黃鍾是也而
其實非強爲律呂強爲音聲之謂也細而入于毫芒
而莫窺其體用分而合于象數而莫窮其神化古先
賢哲以造曆明時以宣風作樂淵于徵矣昔之言曆

音聲紀元 八敍 一

言樂者不啻百家至我明而樂法漸增曆法漸備惟
夫音聲之說原于器數者不言音聲者不言
風氣殆亦不諧之以元乎如梁唐沈韓西僧珙及朗
禪師之韻代多傳習而不能無議者蓋不以律呂風
氣爲本耳何則天地有陰陽有風氣有時令有溫熱
凉寒則聲有平上去入音有宮商角徵羽而八風二
十四氣其序不可紊也故以二十四氣爲二十四韻
之音而以五音不同之聲加之以律呂使以律呂統
音以音會聲以音聲排之于六律六呂之間以八風
合于二十四氣之內使衆律可攝八風一風可貫衆

《續修四庫全書》版〈後譜表〉

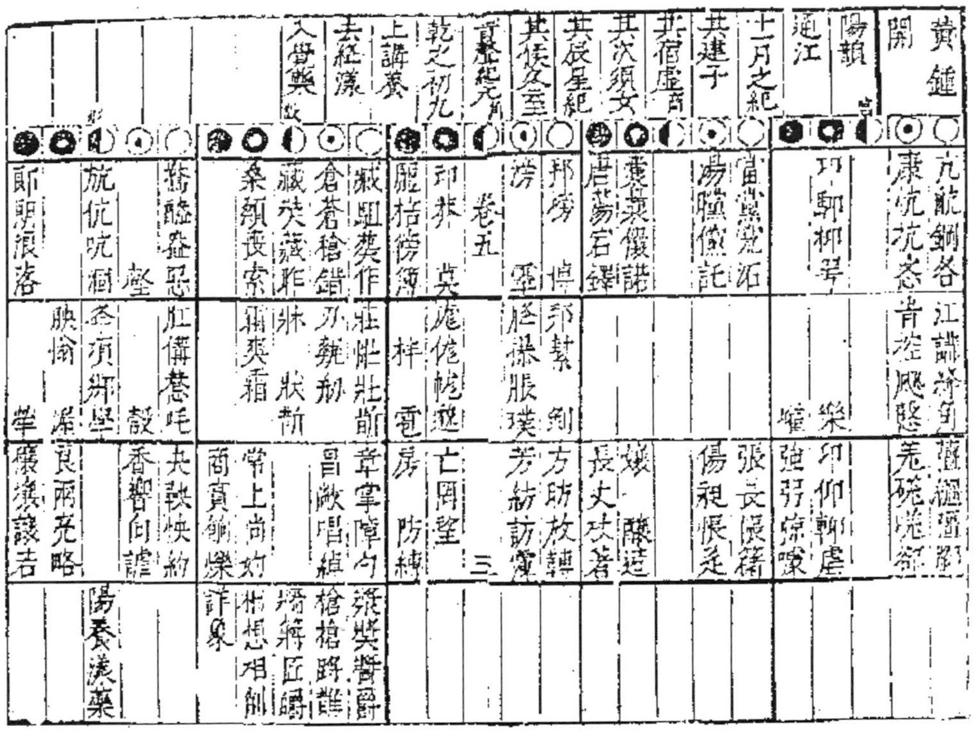

黃鍾
開
陽韻 宮
通江
十一月之紀
其建子
其宿虛危
其次須女
其辰星紀
其候冬至
其音紀元
乾之初九
上諧蕤
去姑洗
入夾鍾 徵

續修四庫全書　經部　小學類

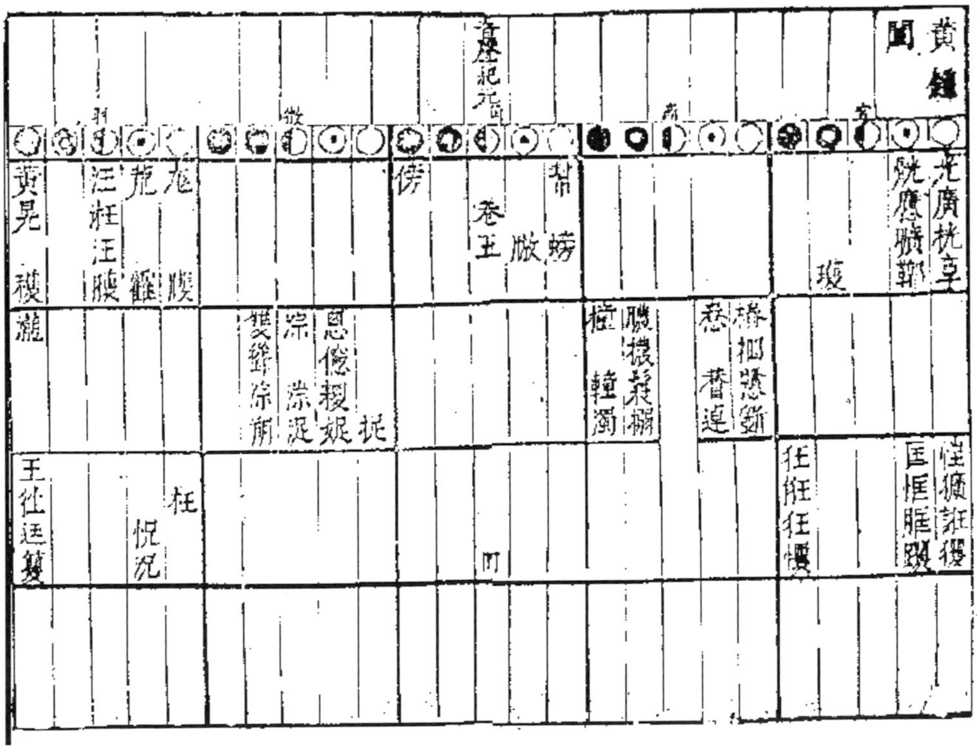

黃鍾
闔

七三八

北京圖書館版本〈後譜表〉

二
譜之蓋極其至耳
一一上去入韻雖以不同實字聲一氣實召
一陽文宮商角徵羽字之下文藏有五音皆清者
係宮次清者係商清濁半者係角次濁者係徵
當取濁者係羽
一明闔開表弄表有五調其行皆五合五五二十五
數二十四表為二百二十調也一律五音十三
律六十音因而六之有三百六十音合一歲之數
一十二律縱橫二十調每調皆音有名合四百八十
調皆音有名

		重之重			輕之輕			輕之輕			重之輕
黃鍾 開 陽韻	○	元 航 鋼 各		江 講絳角		疆繦噆郤			
	◎	康 杭 沆 悉		喜控廳慤		羌硍嗛卻			
通 江	●	卬 駉 柳 号		樂	哝 强 弜 㵾 㹸隄			
十二月之紀	○	當 眔 盪 見 沍			傷 張 帳 箸			
其建子	◎	湯 瞠 償 託			伤 租 帳 汇			
其宿虛	○	囊 㜅 儀 諾			壤 長 丈 杖 者			
其次須女	●	唐 盪 宕 鐸			釀 造			
其辰星紀	◎	邦 榜 博	邦 封 絮	剗 方 防 訪 覆	轉			
其候玄枵至于	○	滂 塝 榬 睬 瞍		芳 紡 訪 霷